魔法科高中的劣等生2
The irregular at magic high school
入學篇〈下〉
佐島 勤
Tsutomu Sato
illustration／石田可奈
Kana Ishida
illustrator assistant／ジミー・ストーン、末永康子
U0025860

「各位，今天放學之後，我們去蛋糕店吧！」
千葉艾莉卡
達也的同班同學。個性開朗，經常會連累到他人的闖禍大王。家裡是劍與魔法之複合戰鬥術──「劍術」的名門。
西城雷歐赫特
通稱「雷歐」，與達也同樣就讀一年E班。父親是混血兒，母親是隔代混血兒。擅長「硬化魔法」。
「妳啊，真的把美食看得比美麗還重要。」
「可以是可以……不過昨天不是才去過嗎？」
柴田美月
達也的同班同學，教室座位在達也旁邊。雖然不起眼，卻被視為「療癒系妹妹角色」備受部分學長姊的喜愛。罹患靈子放射光過敏症所以戴眼鏡，在這個時代相當罕見。

北山 雫
就讀一年A班，深雪的同班同學。擅長大規模的振動與加速系魔法。表面上給人冷酷的印象，性格與穗香成為對比。
光井穗香
就讀一年A班，深雪的同班同學。擅長操縱光的光波振動系魔法。個性容易有先入為主的觀念。
司波深雪
司波兄妹中的妹妹。就讀一年A班，以首席成績入學魔法科高中的高材生。是別名「花冠」的一科生，擅長領域為「冷卻魔法」。唯一的可愛缺點就是「重度的戀兄情結」。

「居然要我擔任風紀委員？
為什麼會突然這樣？」
司波達也
司波兄妹中的哥哥。國立魔法大學附設第一高中的新生，就讀一年E班。被揶揄為「雜草」的二科生。擅長技術領域，例如魔法術式輔助演算機（CAD）的設計。

「我身為本校的學生會長，
絕對沒有滿足於現狀。
無論是一科生或二科生，每個人都是本校的學生，
對於每位學生來說，在本校度過的這三年都是獨一無二的。」
七草真由美
魔法科高中的學生會會長，
「十師族」七草家的長女。
身材嬌小卻窈窕有致。在遠
距離精密魔法領域，被稱為
十年只出一人的英才。擁有
令異性著迷的小惡魔個性。

「我不像哥哥那麼仁慈。

祈禱吧。
祈禱自己至少
還能撿回一條命。」

術式輔助演算機〔Casting Assistant Device〕

通稱CAD，別名「演算裝置」、「輔助元件」或「法機」，大致分為泛用型與特化型兩種。可代替咒文、符咒、印契、魔法陣、魔法書等傳統手法或道具，提供發動魔法所需的啟動式，是現代魔法技師必備的工具。展開啟動式的速度以及能夠展開的情報量，取決於CAD的硬體性能；而展開啟動式的精密度，則取決於CAD搭載的軟體性能。即使CAD的性能較差，也可以藉由簡化啟動式、提高魔法演算領域的處理來提升魔法發動速度，不過這是高階魔法師的做法。一般來說，CAD的處理能力，是魔法發動速度的主要制約條件。

泛用型CAD重視多樣性，可以儲存各種魔法系統合計九十九種啟動式。以手鐲造型最為普及，不過行動終端裝置造型的CAD也相當普及，是討厭實作時雙手受限的上級魔法師愛用的類型。

特化型CAD則是犧牲多樣性追求魔法發動速度的CAD，主流款式是整合了瞄準輔助系統的類型。一次最多只能儲存相同系統的九種啟動式。大多設計成手槍或步槍造型。瞄準輔助系統安裝在相當於實際手槍的槍身部位，CAD的「槍身」越長，搭載的瞄準輔助功能也越加完善。司波達也擁有的銀鏃改良機種「三尖戟」亦為一例。

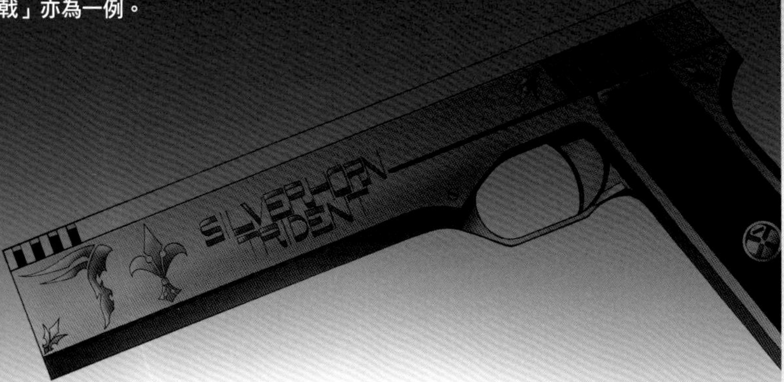

The irregular
at magic high school

背負某項缺陷的劣等生哥哥。
一切完美無瑕的優等生妹妹。
從這對兄妹就讀魔法科高中之後，

風波不斷的每一天就此揭開序幕——

魔法科高中的劣等生 2

The irregular at magic high school

入學篇〈下〉

佐島 勤
Tsutomu Sato
illustration
石田可奈
Kana Ishida

Kadokawa Fantastic Novels

Character
登場角色介紹

司波達也
就讀於一年E班，被揶揄為「雜草」的二科生（劣等生）。

司波深雪
就讀於一年A班。
達也的妹妹。以首席成績入學。

西城雷歐赫特
就讀於一年E班，達也的同班同學。

千葉艾莉卡
就讀於一年E班，達也的同班同學。

柴田美月
就讀於一年E班，達也的同班同學。

◆ **光井穗香**
就讀於一年A班，深雪的同班同學。

◆ **北山 雫**
就讀於一年A班，深雪的同班同學。

◆ **森崎 駿**
就讀於一年A班，深雪的同班同學。

◆ **七草真由美**
三年級，學生會會長。

◆ **服部刑部少丞範藏**
二年級，學生會副會長。

◆ **市原鈴音**
三年級，學生會會計。

◆ **中条 梓**
二年級，學生會書記。

◆ **渡邊摩利**
三年級，風紀委員會委員長。

◆ **辰巳鋼太郎**
三年級，風紀委員。

◆ **澤木 碧**
二年級，風紀委員。

◆ **桐原武明**
二年級，劍術社成員。
關東劍術大賽國中組冠軍。

◆ **壬生紗耶香**
二年級，劍道社成員。
劍道大賽國中女子組全國亞軍。

◆ **司 甲**
三年級，劍道社成員。
擔任男子組主將。

◆ **十文字克人**
三年級，管理所有社團活動的組織「社團聯盟」總長。

◆ **小野 遙**
一年E班的輔導老師。

◆ **九重八雲**
擅長古式魔法「忍術」。
達也的體術師父。

Glossary
用語解說

魔法科高中

國立魔法大學附設高中的通稱，全國總共設立九所學校。
其中的第一至第三高中，每學年招收兩百名學生，並且分為一科生與二科生。

花冠、雜草

第一高中用來形容一科生與二科生階級差異的隱語。
一科生制服的左胸口繡著以八枚花瓣組成的徽章，
不過二科生制服沒有。

一科生的徽章

CAD

簡化魔法發動程序的裝置，內部儲存使用魔法所需的程式。
分成特化型與泛用型等，外型也是各有不同。

司波達也的CAD

司波深雪的CAD

Four Leaves Technology〔FLT〕

國內一家CAD製造公司。原本該公司製造的魔法工學零件比成品有名，
但在開發「銀式」之後，搖身一變成為知名的CAD製造公司。

托拉斯・西爾弗

短短一年就讓特化型CAD的軟體技術進步十年，而為人所稱頌的天才技師。

Eidos〔個別情報體〕

原為希臘哲學用語。在現代魔法學，個別情報體指的是「伴隨事物現象而來的情報」，
是「事象」曾經存在於「世界」的記錄，也可以說是「事象」留在「世界」的足跡。
依照現代魔法學的定義，「魔法」就是修改個別情報體，
藉以改變個別情報體所代表的「事象」的技術。

Idea〔情報體次元〕

原為希臘哲學用語。在現代魔法學，情報體次元指的是「用來記錄個別情報體的平台」。
魔法的原始形態，就是將魔法式輸出至這個名為「情報體次元」的平台，
改寫平台裡「個別情報體」的技術。

啟動式

為魔法的設計圖，用來構築魔法的程式。
啟動式的資料檔案，是以壓縮形式儲存在CAD，魔法師輸入想子波展開程式之後，
啟動式會依照資料內容轉換為訊號，並且回傳給魔法師。

想子

位於靈異現象次元的非物質粒子，記錄認知與思考結果的情報元素。
成為現代魔法理論基礎的「個別情報體」，以及成為現代魔法骨幹的「啟動式」和
「魔法式」技術，都是由想子建構而成。

靈子

位於靈異現象次元的非物質粒子。雖然已經確認其存在，但是形態與功能尚未解析成功。
一般的魔法師，頂多只能「感覺到」活化狀態的靈子。

【6】

這裡是放學時分將近的社團聯盟總部。

「——以上就是劍道社招生示範賽被劍術社闖入鬧事的詳細經過。」

達也回報了親眼目擊並體驗的事件——壬生紗耶香與桐原武明從口角演變成私鬥，後來由達也親自應付劍術社，阻止雙方人馬爆發混戰的經緯。他的面前有三名男女。

「不過話說回來，真虧你應付十幾個人還能全身而退……」

位於面前右方的是學生會長七草真由美。

「正確人數是十四人。不愧是九重老師的徒弟。」

坐在中間的，是某方面而言算是達也上司的風紀委員長渡邊摩利。

她露出開心笑容——不是因為「好笑」，是因為「有趣」——說出的這句評語並非調侃。雖然這種表達情緒的方式不夠率直，但她應該是打從心底讚賞。

真由美與摩利對達也的佩服（？）之處，在於達也制壓桐原之後，面對劍術社惱羞成怒的集團攻擊堅守防禦立場，沒有主動進行稱得上攻擊的攻擊，便輕鬆打發掉對方。但達也不認為自己有展現任何值得受到稱讚的技巧。

他不知道高中生的平均實力在何種水準，所以不知道那種程度——比八雲寺廟的門徒們相差甚遠——同時應付十四人還讓對方毫髮無傷的身手有多大的價值。

比起這件事，達也更加注意站在面前左側的三年級男學生。

他應該就是社團聯盟總長十文字克人。姓氏帶有「十」的含數家系——亦即名門「十文字」家的繼承人。

（這個人就像是巨巖一樣……）

身高大約一八五公分，並沒有高大到需要抬頭仰望。

然而他擁有厚實的胸膛、寬大的肩膀，以及隔著制服也清晰可見的隆起肌肉。

不只是這種身體上的特徵，這名人物的存在感格外濃密，就像是將構成人類的各種要素壓縮凝聚到極限。

真不愧是與真由美、摩利並列第一高中三巨頭的人物——達也僅僅憑他的外表與印象就如此認同了。

「沒能掌握事件最初的起因嗎？」

摩利一改表情如此詢問，使得達也移回注意力。達也再度喚回剛才報告過的事件記憶，對摩利的詢問表達肯定之意。

「是的。劍道社表示是桐原學長主動挑釁，劍術社表示是劍道社先動手，無法確認雙方說詞的真實性。」

達也是從紗耶香與桐原起口角的場面開始目睹。當時他與艾莉卡離開觀戰區，正要走到體育館出口的時候，聽到應該是爭論的喧嚣聲，但是沒有聽見爭論內容。在達也撥開人群直接目擊現場時，紗耶香與桐原已經處於一觸即發的狀態相互對峙。

「你沒有在一開始就出手，是基於這個原因？」

這是真由美提出的詢問。

克人從開始至今，一直只扮演聆聽者的角色。

「我的預設立場是判斷狀況危險就會介入。

如果輕微跌打損傷就能了事，我認為只算是當事人私底下的問題。」

對於真由美的詢問，達也附帶額外條件回以肯定的答案。如同真由美所說，達也剛開始只採取旁觀的立場，是因為不知道該阻止哪一邊。如果要出面同時阻止雙方，前提是雙方都還有協調的餘地，或是出面阻止的人擁有足以鎮壓當事人的名聲（無論是好名聲或壞名聲），但是當時的狀況並沒有這樣的要素存在。

然而，理由不只如此。就達也所知，風紀委員的工作，是取締使用魔法的暴力行為。紗耶香與桐原的對決雖然是私鬥，不過剛開始是不使用魔法的劍技較量。要是桐原沒有使用魔法「高頻刃」，達也應該會直到最後都堅守旁觀立場。

「……算了。確實以人手來說，我們不可能每次發生火爆場面就派人出動。」

依照原則，招生期間發生的問題，應該由社團聯盟內部自行處理。摩利的發言是基於這項原則，所以真由美與克人都沒有提出異議。

「那麼，你制壓的桐原現在怎麼樣了？」

「桐原學長鎖骨骨折，所以交由保健委員處理了。」

雖然這麼說，不過是能夠以魔法立刻治癒的傷勢。

他已經在保健室承認自己的錯，所以我判斷不需要採取進一步的處置。」

其實竹劍造成的傷只有「骨頭出現裂縫」的程度，桐原的鎖骨「斷掉」是因為被達也摔在地上，但是達也沒有多嘴說出這件事。

摩利沒有目睹桐原受傷的現場，也沒有看過傷勢，所以當然不知道這方面的隱情。

「嗯……好吧，是否追訴當事人，本來就是依據事件檢舉人的判斷。」

摩利非常乾脆地同意達也的說法，並且看向克人。

「十文字，正如你聽到的。

關於本次的事件，風紀委員會不打算提報到懲處委員會。」

「感謝妳做出寬容的處置。

畢竟他當時居然使用了高頻刃這種殺傷力強的魔法。原本即使沒人受傷，也非得要進行停學處分才行，當事人應該也明白這一點。

我會好好告誡他，要他以本次的事件當作教訓。」

「拜託你了。」

克人微微低頭致意，摩利則是點了點頭。

「不過劍道社接受這樣的處置嗎？」

「他們接受挑釁造成衝突就算是同罪，沒資格抱怨。」

摩利一句話就駁斥了真由美的這份顧慮，真由美也沒有反駁。

風紀委員長做出裁定，社團聯盟總長接受裁定，學生會長也無異議，事件至此落幕。

達也漠不關心地把他們的交談當成耳邊風。消弭後續的不滿聲浪並非達也的工作。

「委員長，我可以先告辭了嗎？」

達也委婉向摩利要求離席。

「啊，慢著，在這之前我想再確認一次。」

摩利似乎也不想再交付工作給達也（但應該只限於今天），詢問的語氣也很隨便。

「當時只有桐原使用魔法？」

「是的。」

達也簡潔回答了摩利的詢問。

正確來說，應該是只有桐原成功發動魔法，但達也沒有勤勞到會說明這樣的細節。

「這樣啊，辛苦你了。」

得到離席許可，達也離開了社團聯盟總部。

◇　◇　◇

離開社團聯盟總部的達也，原本想前往學生會室。

再過不久就是日落時分。

即使深雪會使用魔法，這時間也不適合妙齡少女獨自在外面行走，何況深雪肯定不會扔下達也逕自回家。

然而他逼不得已在中途修改預定計畫。

社團聯盟所在的校舍，與學生會室所在的主校舍不同棟。

要從社團聯盟總部前往學生會室，必須走到操場（不需要換鞋。換穿室內鞋的習慣如今幾乎看不到了）繞到另一棟校舍的入口，但達也在這裡看到了一群熟面孔。

「啊，辛苦了～」

「哥哥。」

率先打招呼的是艾莉卡，不過率先跑過來的是深雪。

出乎意料的敏捷反應，令其他人瞠目結舌。

「辛苦了，哥哥今天大顯身手了呢。」

「沒什麼大不了的，深雪才辛苦了。」

深雪以雙手將書包提在身前，約略是腰部的高度。兩人來到只有書包相隔的距離，深雪抬起頭望向達也，露出渴求的眼神。達也則是如她所願，緩緩撫摸她的秀髮兩三次。

深雪舒服地瞇細眼睛，注視著哥哥的視線從未移開。

「雖然知道他們是兄妹，但……」

雷歐走向兩人，露出不好意思的表情，微微移開視線輕聲說著。

「總覺得他們看起來好登對呢……」

雷歐身旁的美月雖然臉紅，卻目不轉睛看著兩人。

艾莉卡則是以半開半闔的雙眼，看著這樣的雷歐與美月。

「我說你們……到底對他們兩人期待著什麼？」

艾莉卡誇張聳肩，手心向上往兩側抬起來，微低著頭緩緩左右搖晃。雖然是如此裝模作樣的動作，艾莉卡做起來卻是異常有模有樣。

「如你所說，他們兩人是兄妹耶。」

艾莉卡繼續以半開眼神瞪著雷歐說出這番話。雷歐與美月似乎確實聽出話中省略的含意了，兩人驚慌失措的反應就是最好的證據。

「別別別別說傻話啦！我我我哪有期待什麼！」

「就就就就是說啊，艾莉卡！不不不要胡說八道啦！」

「……好的好的，我就當成是這麼一回事吧。」

只不過，要是艾莉卡沒有如此消遣加吐槽，雷歐與美月的誤解應該會永無止盡。

達也不知道艾莉卡正在孤軍奮戰，總算從妹妹的頭髮鬆手，並且看向三人。

深雪也露出依依不捨的表情，學哥哥看向三人。

——肯定是因為露出這樣的表情，才會招致奇怪的妄想。

但達也的表情與舉動完全不會給人如此遐想。他以誠實表情懷著歉意向朋友們搭話。

「抱歉，各位在等我？」

尷尬的氣氛被排除，雷歐露出開朗的笑容搖了搖頭。

「達也，你太見外了，這種時候用不著道歉。」

「我也是剛參加完社團的招生說明會。

所以完全沒有等。」

美月也露出和善溫柔的微笑，表示達也不需要道歉。

「這傢伙也是剛結束社團活動。所以不用在意。」

艾莉卡一如往常露出惡作劇般的笑容，盛氣凌人如此回答。

雷歐、美月與艾莉卡，各以不同的笑容迎接達也。

達也立刻就察覺事實與說法不符，但他並未刻意辜負眾人一番好意。

「既然這麼晚了，大家要不要一起去吃點東西？我可以請各位每人一千圓。」

現在的幣值經過兩次貶值之後，已經與一百年前差不多了。

對於高中生來說，一千圓這樣的金額有點多，但還在可接受的範圍。

達也收回更進一步的歉意，改由邀約取代。

在場沒有人不理解這一點，也沒有人表達無謂的客氣之意。

◇◇◇

五人來到與入學典禮不同的另一間咖啡廳，暢談今天各種不同的體驗——例如加入的社團發生什麼事、在招生攤位顧攤多麼無聊、有人假借招生之名行搭訕之實等，不過最令大家關心的事情，果然是達也的逮捕行動。

「──那個叫桐原的二年級學生，用的是殺傷等級B的魔法吧？虧你能全身而退。」

「高頻刃雖然可能致命，卻是有效範圍極為狹窄的魔法。除了不能碰到刀刃這點之外，與鋒利的刀沒有兩樣。不是很難應付的魔法。」

雷歐從剛才就大感佩服，達也則是頗為困擾地如此回應。

「可是，這就等於是赤手空拳阻止別人亂揮真劍吧？這樣不會危險嗎？」

「美月，不會有事的，既然是哥哥就不用擔心了。」

「深雪，妳講得好從容耶。」

深雪安撫著事到如今才臉色陰沉的美月。但如同艾莉卡的指摘，深雪從容到不自然。

「達也同學能在混戰裡同時應付十幾個人，這樣的身手確實了不起。但桐原學長的實力也絕非等閒，甚至在當時場上的所有人之中首屈一指。」

深雪，妳真的沒有擔心？」

「是的，因為不可能有人贏得了哥哥。」

聽到艾莉卡如此詢問，深雪沒有分毫猶豫如此斷定。

「──呃……」

即使是艾莉卡，對此也只能啞口無言。

她當時是近距離目睹達也的身手。

就艾莉卡看來，桐原的劍招犀利得無話可說，殺傷力比起真劍也絕不遜色，達也肯定也有親眼目睹。但是達也全身毫無多餘的力道——代表他連潛意識都沒有感覺到緊張或恐懼——桐原竹劍還沒砍下來，達也就已經逼近到對方面前，擋住劍柄制住手腕，以合氣道的訣竅將桐原摔到地上。不，與其說是合氣道，或許應該說是空手奪白刃。

那種身手說是武林高手也不為過。達也在這個年紀就已經習得足以稱為武林高手，至少也是近乎武林高手的身手。

即使如此，艾莉卡還是無法像深雪那樣，抱持著此等自信斷言不用擔心。

「……我並不是懷疑達也同學的實力，但高頻刃不同於普通刀劍，會釋放超音波吧？」

「這麼說來，我也有聽說過。有些術士還得戴耳塞，防止超音波造成暈眩症狀。不過，這方面應該早在計算當中了。」

「不是那樣。

原因不只是因為哥哥的體術優異。」

深雪如此回答美月與雷歐的顧慮，表情也像是在忍著不笑。

「讓魔法式失效是哥哥的拿手絕活。」

艾莉卡立刻對深雪這番話起了反應。

「讓魔法式失效？不是情報強化，也不是領域干涉？」

「是的。」

深雪得意地點了點頭，達也露出「真拿妳沒辦法」的笑容。艾莉卡交互看著他們，露出感嘆又無言以對的表情輕聲開口。

「我覺得這是相當罕見的技能。」

「也對，至少不在高中的課程範圍。而且就算學校會教，也不是所有人都做得到。」

艾莉卡，當時哥哥衝出去之後，妳有感受到地板在搖晃的錯覺吧？」

「唔～我個人沒受到太大的影響，不過好像有學生出現類似嚴重暈車的症狀。」

這麼說來，雖然沒有剛開始那麼嚴重，不過混戰的時候好像也經常在搖晃……？」

「這就是哥哥造成的。」

哥哥，您有使用『演算干擾』吧？」

看到深雪刻意投以甜蜜的笑容，達也嘆息舉白旗投降。

「真是瞞不過深雪。」

「那當然。」

只要是哥哥的事情，深雪掌握得清清楚楚。」

「等一下等一下等一下等一下！」

兩人分別以苦笑與微笑相視時，雷歐發出怪聲介入。

「這不是兄妹的對話吧？已經超越情侶的等級了！」

「是嗎？」「會嗎？」

達也與深雪異口同聲如此回應，雷歐整整僵硬了一秒後，像是精疲力盡般趴在桌上。

「……居然想吐槽這對如膠似漆的兄妹，真不知天高地厚。你從一開始沒有勝算。」

艾莉卡滿懷感慨如此說著。

「嗯，我錯了……」

起身的雷歐同樣滿懷感慨回應。

「我個人很不願意聽到兩位這麼說。」

達也以完全不像不願意的語氣抗議（？），但——

「有什麼關係呢？畢竟我和哥哥確實以堅定的兄妹之情結合在一起。」

深雪隨口以這番話安撫著哥哥。

緊接著，這次是艾莉卡與雷歐同時趴倒在桌上。

「咕哇！」

雷歐甚至還自己加上這種像是吐血的音效，表現自己的心情。

「我比任何人都敬愛哥哥。」

即使如此，深雪還是沒有收斂。就像是要做給朋友們看，刻意移動椅子來到達也身旁，以熱情的視線近距離仰望哥哥的臉。

「啊～我要不要回家算了～」

艾莉卡就這麼把臉頰貼在桌面，完全一副有氣無力的模樣。

「……深雪，胡鬧也要適可而止。」

因為似乎有個人不知道這是玩笑話。

「…………」「…………」「…………」

達也露出苦笑規勸深雪，隨即深雪、艾莉卡與雷歐的視線，集中在剩下的某人身上。

「……啊？啊？玩笑話？」

臉紅低著頭的美月，在眾人的沉默之中左顧右盼，接著場中某人嘆了口氣。

「……唉，這就是美月本色。」

「啊嗚……」

艾莉卡面帶微笑的細語，使得美月基於另一種含意臉紅了。

「……這麼說來，剛才是不是有提到什麼『演算干擾』？」

雖然自己也有主動參與，但雷歐就像是無法承受這股令人莫名酥癢的氣氛持續下去般，強行回到剛才的話題。

「當時的暈眩現象，說穿了就是這樣。」

以達也的立場，這也是他不太喜歡的話題，但他應該更想改變場中氣氛，所以在此時不得已回應雷歐的話題。

「所謂的『演算干擾』，記得是魔法的干擾電波？」

「並非電波就是了。」

「這是慣用語。」

針對雷歐多嘴的吐槽，艾莉卡面不改色就如此回嘴，若無其事將視線回到達也身上。

所謂的「演算干擾」，是妨礙魔法式對伴隨事象而來的個別情報體產生作用，廣義來說與無系統魔法的性質相同。

有一種名為「領域干涉」的魔法，同樣可以令對方的魔法失效。這種術式的有效範圍，是以術士為中心的限定區域，術式不會修改任何情報，藉由只定義干涉力範圍的魔法式，阻斷他人使用任何魔法式干涉。相對的，「演算干擾」是大量釋放毫無意義的想子波，妨礙魔法式對個別情報體產生作用的程序。

就某種意義來說，「領域干涉」是預約使用魔法，藉以防止他人魔法介入，術士基本上必須擁有勝於對方的干涉力。

另一方面，「演算干擾」就像是其他用戶想上傳資料的時候，向無線基地台發出大量的存取要求，導致上傳速度極度降低，所以干涉力的強弱不是太大的問題。相對的，雖然想子波雜訊對於四大系統八大種類的魔法都能造成妨礙，若是以先前的例子來說，必須頻繁並且不規則切換頻率，只以一根天線就創造出封鎖所有頻道的電波。

「不過，記得需要特殊的石頭才做得到吧？好像叫做晶……晶什麼石的。」

艾莉卡遲遲想不出專有名詞的全名，此時總算恢復正常的美月伸出援手。

「艾莉卡，是『晶陽石』。」

達也同學，你有晶陽石？

記得那是非常昂貴的東西吧？」

名為晶陽石的這種物質，以能創造出符合這個條件的想子波雜訊而聞名。理論上，魔法師可以自行演算創造出「演算干擾」所需的雜訊，但是在實行上困難至極。

因為「演算干擾」與「領域干涉」不同，連術士自己要發動魔法都會受到干擾，所以魔法師即使意圖建構「演算干擾」所需的雜訊，潛意識也會基於本能阻止（魔法演算領域係由潛意識領域形成，所以潛意識的優先順位高於術士自己的意識）。

也因此，光是輸入想子就能發出所需雜訊的晶陽石，被認定是使用「演算干擾」不可或缺的要素……然而達也的答案顛覆了這個常識。

「不，我沒有。何況晶陽石是軍事物資，即使不提價格，一般人也弄不到。」

「咦？但是『演算干擾』不是得用到嗎……」

不只是出聲發問的艾莉卡，雷歐與美月也露出不得其解的表情。

「啊～接下來這番話麻煩不要外傳。」

達也露出困惑的表情停頓片刻，然後探出上半身壓低音量，另外三人也跟著探出上半身，以嚴肅的表情點了點頭。

「正確來說，我用的其實並不是『演算干擾』，而是應用演算干擾的理論，『對指定魔法進行干擾』。」

聽完達也的細語。美月露出詫異的表情反覆眨眼。

「呃……有這種魔法嗎？」

「我覺得沒有。」

艾莉卡直接回答美月的詢問。

「既然這樣，你不就是依照理論發明新魔法了？」

艾莉卡這次的語氣，與其說是佩服、驚愕或讚賞，更像是無言以對。

使用自創魔法的魔法師並不少見，也有許多魔法師從小就擅長使用自創魔法。不過這是依照

本能或直覺，自然而然發明適合自己的魔法，很少有魔法師能依照理論構築新魔法。

魔法非常仰賴潛意識領域的運作。

能潛意識使用的魔法，要在事後以理論解釋並非難事，然而如果要基於理論創造新魔法，即使只是現有魔法的衍生變化型，也必須完全理解該魔法的組成與運作原理。

若在高中生的年紀就能基於理論發明新魔法，雖不到異常的程度，也是超乎常理。

「與其說『發明』，應該說『偶然發現』比較正確。」

對於艾莉卡正直的反應，達也如此笑著回答。

「若欲同時使用兩台ＣＡＤ，會因為想子波相互干擾，絕大多數的狀況都無法發動魔法，各位知道這件事吧？」

「嗯，我也有親身經驗。」

雷歐點頭回應達也這番話。

「唔哇，真沒有自知之明。」

艾莉卡則是對雷歐的這句話不敢領教。

「妳說什麼！」

「同時使用兩台法機，就代表要平行啟動兩種魔法耶。

居然認為自己做得到這種高級技巧，不叫做沒有自知之明要叫什麼？」

「少囉唆，我本來以為辦得到！因為若只是擅長的屬性，我姑且還可以做到多重啟動。」

「不會吧～真的嗎～好強喔～」

「……我知道妳在瞧不起我，所以別故意用這種呆板的語氣。我會更火大。」

「兩…兩位，現在先聽達也同學怎麼說吧？好不好？」

「…………」

「……哼！」

艾莉卡與雷歐各自撇過頭去。

美月不知如何是好地左顧右盼，達也則是聳了聳肩。

「我個人覺得這個話題可以打住了……還要我說下去嗎？我是無所謂……接續剛才的話題，同時使用兩台CAD產生的想子干涉波，會如同『演算干擾』一樣，傳送到魔法師周邊個別情報體所處的情報體次元。所以我們用第一台CAD，展開妨礙對方所使用魔法的啟動式，用第二台CAD展開反向啟動式，並且不要把兩種啟動式轉換成魔法式，而是維持在啟動式的狀態複製增幅，將產生出來的想子訊號波當成無系統魔法釋放。這麼一來，原本應該由兩台CAD各自展開的啟動式所構築出來的兩種魔法式，以及與這兩種魔法式同種類的魔法，都會受到某種程度的妨礙。

即使是高頻刃這種常駐型魔法，魔法式也無法永遠持續，遲早得重新展開啟動式。

這次我就是剛好抓到他重新展開啟動式的時間點。」

「真的假的……」雷歐輕聲說著。缺乏抑揚頓挫的聲音，清清楚楚反應出他是打從心底露出愕然的神情。

美月忽然咳了起來，似乎是因為飲料喝光卻繼續吸吸管所以嗆到了。激烈咳嗽使得她的情緒回歸到意識層面，表情逐漸染上驚愕的神色。

艾莉卡蹙眉默默思考著。從她嚴肅的表情來看，似乎不是在想什麼開心的事情，但也不像是心情煩悶的樣子。

「……雖然搞不懂具體該怎麼做，但我大致聽得懂理論。

不過為什麼要保密？

我覺得這應該是可以申請專利賺大錢的技術啊～」

好不容易恢復思考能力的雷歐，率先露出無法釋懷的表情詢問達也。

雷歐歪過腦袋納悶時，達也向他露出的表情不是單純的苦笑，而是有苦難言的笑容。

「其中一個原因，在於這項技術還不完整。

對方只是無法使用正在發動的魔法，而且並不是完全無法使用，只是難以使用，但是干擾者將會完全無法使用魔法。

光是這點就相當致命，而且，不使用晶陽石就能妨礙魔法的手法本身就是問題。」

「……哪有什麼問題？」

雷歐如此詢問時的語氣，與其說是不解更像是不滿。但是在旁邊面有難色沉思的艾莉卡，以頗為認真的斥責語氣回應他。

「笨蛋，問題可大了。

如今魔法是在國防與治安的領域不可或缺的要素。

要是這種不需要強大魔法力與昂貴晶陽石，就能輕鬆讓魔法失效的技術普及的話，可能會撼動社會的根基。」

「我的想法和艾莉卡說的一樣。

世上有些激進分子，認定魔法是造成差別待遇的元兇，並且發起排斥魔法的運動。

晶陽石產量稀少，讓魔法失效的技術，目前不足以造成現實層面的威脅。

在找出破解方法之前，我不打算公開這種類似『演算干擾』的技術。」

雷歐反覆深深點頭，大概是終於接受了。美月不知為何也露出相同表情頻頻點頭。

「好厲害……居然考量得這麼深入。」

美月的感慨化為嘆息脫口而出。

「如果是我，應該會為了眼前的名利立刻公開吧。」

雷歐也跟著嘆了口氣。此時深雪露出溫柔客氣的笑容。

「但我覺得哥哥稍微想太多了。到頭來，無論是讀取對方正在展開的啟動式，或是發射ＣＡＤ的干涉波，並不是任何人都做得到的事情。

不過，這正是哥哥會有的作風吧。」

「……妳在暗喻我是優柔寡斷的窩囊傢伙？」

聽到妹妹的指摘，達也「做出」打從心底難為情的表情。

「您說呢？

艾莉卡覺得如何？」

深雪「擺出」不以為意的態度，把話題扔向艾莉卡。

「天曉得。

以我的立場，我想聽聽美月的意見。」

艾莉卡以裝模作樣的語氣，把話題傳給美月。

「咦咦？

我的話，那個，呃……」

「沒有任何人否認是吧……」

達也投以忿恨不平的目光，隨即深雪裝出開朗的笑容移開視線，艾莉卡以菜單遮住臉，美月不知所措地東張西望，卻沒有任何人伸出援手。

◇　◇　◇

達也今天也是四處奔走。

社員招生週（假借這個名目的胡鬧祭典），在今天已經是第四天了。不知道該說「已經第四天」還是「才到第四天」……總之非常忙碌。放學之後比上課時還累，總覺得有點本末倒置，不過很遺憾，就算抗議也沒有人願意傾聽。

操場各處都在進行拉客——不對，招攬——也不對，應該說是招生活動，令人忍不住想問這裡究竟是什麼時代在哪裡舉辦的熱鬧市集。達也沒有穿越因為招生而人聲鼎沸的操場，而是繞路避開（他是在第二天領悟到用不著刻意浪費力氣），趕往有人回報狀況的地點。

在路上，達也感受到與操場帳篷林立區域方向相反的樹叢後方，傳來某種魔法即將朝向自己發動的徵兆。

似乎不是對他產生作用的魔法，而是挖掘腳下地面（正確來說，是把腳底泥土移動到前後地面）的魔法。

又來了——如此心想的達也感到厭煩。

大概是第一天太出風頭了，他經常受到這種惡整。託此的福（？）如今達也已經習慣了。他不慌不忙地以既定流程，配合魔法種類發動自創的偽演算干擾。其實他擁有更輕鬆讓魔法失效的手段，不過使用這種手段，很可能造成難以收拾的後果。「欲速則不達」是他在至今不算長的人生得到的寶貴教訓。

想子波擴散之後，魔法式沒有發動就消散了。

達也絲毫沒有停下腳步，就這麼忽然轉彎。

「欲速則不達」真的是至理名言。或許是因為沒造成實際妨礙而置之不理吧，這種以魔法惡整的行徑越來越嚴重了。至今達也都因為有風紀委員的工作而暫緩處理，不過差不多該以行使自衛權為優先了。

但是對方也非等閒之輩。在達也轉彎的同時，就以只憑肉身不可能達到的速度從樹叢後方逃走。大概是預先準備了「移動魔法」加上「慣性中和魔法」組成的「高速奔跑魔法」。一般來說，雙腳動作會跟不上這個魔法的速度而跌倒，不過犯人似乎也相當注重身體的鍛鍊。

要在短時間內逮到對方並非易事。達也如此判斷之後停止追捕。

達也得到的線索，就只有犯人高瘦的背影，及右手配戴的紅藍線條外框的白色護腕。

◇　◇　◇

一個星期結束了。

對於達也來說，社員招生週每一天都是驚濤駭浪。

他應該是風紀委員之中最忙碌的人。

——而且忙碌的方向，與原本的職責不盡相同。

達也在第一天逮捕的桐原武明，似乎是學校在對戰型魔法競賽少數有機會得獎的選手。有人認為他是在與壬生紗耶香比試時已經受傷，才會輕易被達也制服。不過對於同樣是對戰型魔法競賽的參賽選手，又不知道事件細節的學生來說，正規參賽選手輸給一年級學生，而且還是雜草二科生，對他們來說肯定不是滋味。

也因此——

「達也，今天也要去委員會？」

達也收拾東西要離開時，拎著書包的雷歐如此詢問。

「今天沒有排班，總算可以輕鬆一下了。」

「畢竟你這陣子很活躍啊。」

「我一點都不高興。」

看到達也露出不悅的表情嘆氣，雷歐明顯一副忍住不笑的表情。

「達也，你現在出名囉。

你是不使用魔法，就能接連制服魔法競賽正規選手的神祕一年級學生。」

「『神祕』是怎麼回事……」

「依照某種說法，達也是魔法否定派暗中送進來的刺客喔。」

忽然探頭露面的，是同樣完成放學準備的艾莉卡。

「是誰在散播這種不負責任的傳聞啊……」

「就是我～」

「喂！」

「當然是開玩笑的。」

「饒了我吧……這玩笑太惡質了。」

「不過，傳聞內容是真的。」

對於艾莉卡提到的「傳聞內容」，達也只能再度嘆口氣。

應該不會有人把這種謠言當真——雖然如此希望，但肯定會有人藉此前來找碴。這是完全位於預料範圍的事情。

「這聲嘆氣也太誇張了吧？」

「講得事不關己一樣……你也去體驗一個星期就有三次以為會死掉的感覺吧。」

「敬謝不敏。」

看到雷歐毫不掩飾看好戲的表情，達也胸中湧起一股衝動，差點想要揮拳打下去，不過最後則是只有嘆出第三口氣。

劍術社下屆王牌，實力在二年級首屈一指的桐原武明，被只是遞補的雜草新生打倒。

正如前文所述，受到半桶水魔法菁英主義影響的學生們，在得知這項消息之後，感到驚愕又憤怒不已。

他們連惱羞成怒都稱不上，只是毫不講理敵視達也，接連有人進行盲目的報復行動。

雖然這麼說，如果演變成過於明顯的私鬥，將會成為肅清的對象。

達也有風紀委員長做後盾，學生會長與社團聯盟總長在這次的事件也會站在達也這邊——即使是不知道事情細節的學生，也可以輕易想像到這種事。

那麼，他們會怎麼做？

在這種時候，最常用的方法就是偽裝成意外。

他們也是這麼做。

等待正在巡邏的達也靠近，刻意鬧事。

在他前來仲裁的時候，假裝失手向他發動魔法攻擊。

大致上就是這種模式。

以達也的立場，等於是他走到哪裡都會接連有人鬧事，簡直是忍無可忍。

而且基於風紀委員的身分，達也不能視而不見直接離開，必須努力平息事態。

不只如此，還會有魔法射過來。雖然達也大多在魔法發揮功效前，就讓魔法失效化解危機，但還是有些魔法沒能完全瓦解。

達也短短一天就知道自己成為眾矢之的，但是必須找到對方私下勾結的證據才能有所動作，而且在找到證據的時候，招生週已經結束了。

換句話說，他一直處於非得眼睜睜自行跳入陷阱的狀態。

達也只有在第四天發現現行犯一次，而且後來也被對方逃掉。不愧是在著名學府——第一高中就讀的學生，整體來說手法極為巧妙。但達也認為他們發揮優秀能力的時間、場合與目的都錯得離譜就是了。

「……仔細想想，真虧我居然可以平安無事……」

「禁止攜帶演算裝置的規定在今天恢復了，所以應該不用再擔心了吧？」

「但願如此。」

聽到美月這番安慰，達也抓準這個機會點了點頭。

◇◇◇

學生會的運作是上下班制度，沒有排不排班的問題，何況本來就不是輪班制。

深雪今天也要到學生會室工作。

而且司波兄妹沒有留下對方先行返家的選項——客觀來看，他們兩人分別被揶揄為戀妹與戀兄情結也在所難免。

「哥哥，非常抱歉。

還讓您特地留下來等我……」

即使如此，讓對方等待依然會有罪惡感，光是如此就還算有救吧。

「就算我說別在意，妳還是會在意吧……」

達也笑著輕拍妹妹的頭。

與其說是拍頭，如此溫柔的動作更像撫摸，使得深雪羞澀並舒服瞇細雙眼——他們正走在放學學生來來往往的走廊上。

兩人表現出歡迎誤解（？）的和睦互動，朝學生會室前進。周圍投過來的視線好惡參半。然而視線的本質，與一般人看向過於親密的情侶的視線有著顯著差異，那些懷抱惡意的視線由達也獨自承受。

與深雪並肩行走時——

投向達也的惡意視線，直到上週都以嘲笑為主。

如今則是懷抱著憎恨的反感，以及若隱若現的恐懼。

並不是對於強者的畏懼。

是對於未知事物的恐懼。

即使是應該對他的「活躍」大感痛快的二科生也一樣。

也因此，這週第一次有陌生人主動叫住他。

「司波學弟。」

達也與深雪同時轉過身來。

以身體能力來說，達也明顯高於深雪。

即使如此，兩人這次的反應時間卻完全相同。這是因為深雪基於反射動作而行動，達也則是不太能確定對方是否在叫自己。

叫他的聲音，是嗓音稍微沙啞的女性聲音。

「兩位好，是不是姑且該說聲『初次見面』？」

對方是一名將過肩長髮綁成馬尾，相當標緻的美少女。

雖然髮型變了，但達也對這名少女的外貌有印象。

「也對，初次見面。

您是壬生學姊吧？」

對於達也來說，可說是為驚濤駭浪的一星期揭開序幕的人，劍道社的二年級學生。

劍道社鬧場事件其中一方的當事人。

她以毫不猶豫的動作，走向停下腳步的達也。

可能是生性大膽，或是因為對方是學弟而安心——也可能是輕視大意。

無論如何，無論原因為何，總比抱持奇怪的戒心好得多。

深雪配合學姊，在她走到哥哥面前的時候後退半步。

只要達也專注看學姊就看不到深雪，稍微分心就會自然看到深雪。就是這樣的距離。

「我是壬生紗耶香，與司波學弟一樣是E班。」

達也的目光自然注意到紗耶香的左胸。

縫在綠色制服上的，是沒有徽章的綠色口袋。

達也很快就明白她說的「一樣」是什麼意思。

「上次謝謝你。受你協助卻沒能立刻道謝，對不起。」

她親切投向達也的微笑，對於同年紀的少年來說，有著難以抵抗的吸引力。雖然身為魔法使用者不應該隨便以這種辭彙形容，不過很適合以「蘊含著令人失魂的魔力」這種文學辭句來形容——不過這裡的文學指的是通俗文學。

「除了要對當時的事情致謝，我還有一些事想找你談談……

方便現在借我一點時間嗎？」

先不提她是否是刻意這麼做，但她應該很清楚自己的笑容對於男高中生的影響力。

不過，用在總是有美麗妹妹陪伴的達也身上，或許就無法那麼稱心如意了。

「現在不行。」

被如此斷然拒絕，紗耶香與其說是不高興，詫異的反應更加明顯。

「十五分鐘之後就可以。」

達也逕自繼續補充之後，紗耶香面無表情，應該說失去表情連續眨了眨眼睛，才總算聽懂達也這番話的意思。

「呃……那我在咖啡廳等你。」

即使紗耶香因為達也出乎意料的反應而打亂步調，還是成功與他約定稍後見面。

◇　◇　◇

達也只陪妹妹到學生會室門口。

要是進入室內，很有可能會見到服部，這樣雙方的心情都會受到影響，所以沒有特別來意的達也，自然而然會避免在放學之後進入學生會室。

「那我在圖書館等妳。」

直到昨天，都是由深雪等待達也。

今天是第一次由達也等待深雪。達也在入學之前，一直在模擬這個模式。

他知道，深雪肯定會接下某個職務。

因此他不會煩惱該如何打發時間。

何況達也就讀這所學校的其中一個理由，就是因為某些祕密文獻，必須由國立魔法大學的相關機構才能連結閱覽，所以更不用擔心沒事做。

「要去圖書館？」

但深雪當然不知道這些緣由，露出納悶的神情發問確認，達也不禁對此感到疑惑。

「……預定是這樣沒錯，為什麼會這麼問？」

「沒事，因為您等等要到咖啡廳與壬生學姊見面……」

深雪的目光落在達也喉頭的高度。

「深雪？」

即使達也叫她的名字，她也沒有抬頭。

沒有讓目光相對。

甚至還將視線移向旁邊。

達也不知道妹妹為何採取這種態度。

按照正常推論應該是鬧彆扭，但唯有這個妹妹，絕對不會只是基於這個原因。

雖然想質問，但這裡是學生會室門口，而且兩人各自有約。

「並不會聊那麼久，反正應該是想延攬我加入社團之類的。」

達也自覺到這種說法完全不對。

不過，這番話成為打破僵局的契機。

「……真的只有這樣嗎？」

「什麼？」

「真的只是想延攬哥哥加入社團嗎？

我覺得並非如此。

沒有任何理由。

可是……深雪好擔心。

我很高興哥哥聲名遠播……但如果您真正的實力略為人知的話，會有許多人為了滿足私利私慾蜂擁而來。

不為私慾而來的人，肯定只是少數的例外。

請哥哥務必小心。」

要當成是杞人憂天而一笑置之，並非難事。

前提是他並非司波達也。

前提是對方並非司波深雪。

「……別擔心，無論發生什麼事，我都不要緊。」

「所以說！我就是在擔心這個！」

達也終於隱約理解妹妹在擔心什麼了。

「……不要緊。我絕對不會自暴自棄。」

「……哥哥，就這麼說定了。」

「明白了。」

……話說回來，深雪，只不過是高中的委員會活動，說『聲名遠播』太誇張了。」

「……真是的！

這種事用不著計較吧！

對我來說，哥哥的名字就是名聲！」

深雪一個轉身面向讀卡機。烏黑秀髮描繪美麗弧度隱藏起來的臉頰，帶著一抹紅暈。

◇　◇　◇

達也很快就找到約見的對象了。

因為紗耶香是站在店門口旁邊等他。

「我覺得學姊可以坐著等……」

「這樣司波學弟可能會找不到我吧？既然是我邀約，讓你花時間找我會過意不去。」

很像是女性會有，應該說學姊會有的貼心舉動，但達也認為她似乎不太理解自己的處境——她這樣實在太顯眼了。

看來得做出覺悟，今後又要增加一個麻煩的傳聞了。

達也腦中浮現兩個會開心以此當成話題的學姊，在心中嘆了口氣。

但他並不會粗心大意，把這樣的想法顯露在外（也就是臉上）。

與剛認識的女性相約見面，卻在剛碰面就唉聲歎氣，這樣終究很沒禮貌。

「總之進去坐吧，有事坐下再談。」

「裡面沒有很多人，點完飲料再找座位就好。」

不是疑問句，也不是誘導句，而是肯定句。

達也略感意外。

但是用不著刻意抗拒。

達也點了咖啡，紗耶香點果汁，兩人找到空桌之後相對而坐。

達也品嚐一口咖啡，維持著拿起杯子的姿勢看向對面座位。

紗耶香專注以吸管飲用杯裡鮮紅的果汁。

一口氣就喝掉三分之二，然後終於抬起頭。

四目相對了。

原本有些呆愣的表情逐漸染紅。

就像是果汁的色素擴散到臉部一樣的狀況。

「……學姊喜歡喝那個？」

達也認為這是單純的詢問。

「唔……喜歡甜食有什麼關係！

反正我就是孩子氣啦！」

但是她忽然生氣……不對，是鬧彆扭了。

既然會這麼不好意思，一開始別點果汁不就好了？達也如此心想。

而且也覺得她害羞的模樣，與她沒什麼戒心的舉止不符。

然而達也回應她的話語，與內心感想完全搭不上邊。

「我也喜歡甜食。

雖然我沒喝過學姊那種飲料，但我在家裡常喝果汁。」

「是嗎？」

「是的。」

「這樣啊……」

雖然紗耶香沒有真的做出輕撫胸口的動作，但她鬆一口氣的模樣，看起來不像是學姊——與上週給人的印象差很多。

「呃，我重整一下心情……

容我再說一次，上週感謝你的協助。多虧司波學弟才沒有釀成大禍。」

紗耶香雙手放在併攏的大腿上，端正坐姿之後行禮致意。

該說不愧是「劍道小町」嗎？比起剛才「可愛女孩」的舉止，現在的她像樣得多。

「學姊不用道謝，因為我是基於職責而那麼做。」

達也下意識把內心交織的半自動推論當作耳邊風，做出一個中規中矩的回應。

「不，不只是你幫忙阻止桐原同學的那件事。」

但是紗耶香似乎不滿意這種形式上的回應。

「畢竟我們進行了那種像是生死鬥的對決，本來不只是我和桐原同學，就算劍道社與劍術社同時受罰也不奇怪。

事情之所以和平收場，是因為司波學弟主張不予追究吧？」

「因為實際上並沒有鬧出什麼大事。

而且除了壬生學姊與桐原學長，並沒有其他人受傷。

後來的混戰是劍術社自己失控，至少不需要追究劍道社的責任。」

「正因為他們的對手是司波學弟，問題才沒有鬧大。如果不是你，肯定無法避免有人受傷。或許有些人也可以毫髮無傷鎮壓現場，但你能夠以雙方毫髮無傷的狀況應付那麼多人，我至今都有點不敢相信。我覺得光是司波學弟手下留情，劍術社就應該感謝你了。

在這方面，我當時有害桐原同學受傷，不過……或許聽起來是藉口，司波學弟或許會覺得我是女生，不應該說這種話……

不過習武的人，經常會發生那種狀況。

在進步的過程中，可說肯定會有些時期，無法壓抑自己想要炫耀實力的心情。

司波學弟沒有這樣的經歷嗎？」

「說得也是，我明白。」

——達也這句話是謊言。

至少有一半是謊言。

他不曾認為自己是在習武。

達也學習的純粹是戰鬥技術。若是展示實力證明自己能夠遂行任務，那麼達也還可以理解，但是「單純想炫耀實力」的衝動與他無緣。

「沒錯吧？」

雖然是理所當然，但是今天首度與達也交談的紗耶香，不可能明白達也的心境。

「這次的事件沒必要炒作成這樣。要是後來的混戰造成其他人受傷，或許會成為嚴重的問題，不過實際上足以稱為受傷的人只有桐原同學。我和桐原同學以竹劍交戰的時候，當然抱持著可能會受傷的心理準備，所以別人說三道四只是多管閒事。」

達也認為這就錯了。那個事件最重要的問題，在於桐原違規使用高危險度的魔法。原則上，招生時的糾紛是由社團聯盟自行處理，如果紗耶香與桐原只以竹劍對決收場，達也就不會介入，摩利也會貫徹絕不介入的立場。

不過達也只是內心這麼想，並沒有說出口。

「即使如此，卻有很多人想把那種事情當成大問題。這次也有很多學生，只因為相同程度的事情就遭到舉發。

因為風紀委員想幫自己拚業績。」

「……我姑且也是風紀委員的一分子……

對不起。」

「抱…抱歉！

我沒有那個意思，真的！」

看到達也裝出尷尬表情低頭的模樣，不知不覺激動起來的紗耶香連忙開始解釋。

「我的意思是說，司波學弟與那些人不一樣，我們也是因此免於受罰。那個，我不是想說風紀委員會的壞話……是沒錯啦，我很討厭那些人，不過……慢著，咦？」

紗耶香講話變得毫無章法，達也則是面無表情觀察著她……不過雙眼蘊含著笑意。

已經變成胡言亂語的字句，音量變得越來越小，最後紗耶香變成只有動嘴沒發出聲音。後來她發現達也的視線隱含著笑意，不禁害羞低下頭去。

「……嗳，司波學弟，你喜歡欺負人……？」

這句話似乎在哪裡聽過。

「我沒有這種特殊的癖好。」

達也面不改色如此宣稱，並且先發制人繼續說下去，不讓她有反駁的機會。

「所以，學姊這次想找我談什麼事？」

「……我就開門見山直接說了。」

雖然嘴唇呈現出另一種心情，不過或許是放棄了，也或者是想達到目標的意願戰勝情緒，紗耶香終於進入正題。

「司波學弟，你願意加入劍道社嗎？」

完全在預料之中的這番話，使得達也難免覺得有些洩氣，不過答案是既定的。若一開始就這麼說，就不用浪費這麼多時間了。對此隱約感到煩躁的達也，說出早已準備好的回覆。

「感謝學姊的邀請，不過恕我回絕。」

「……方便我問原因嗎？」

達也毫不考慮就回答的態度，使得紗耶香無法掩飾受到打擊的心情。

「我反而想問學姊邀我加入的原因。」

我所學習的招數是空手格鬥術，那是與劍道完全不同的體系。以壬生學姊的實力不可能看不出來吧？」

達也語氣沉著，沒有咄咄逼人也沒有挑釁，但是指摘的話語本身犀利得無從掩飾。

紗耶香的視線飄忽不定。

看起來就像是努力尋找著出口。

就某種意義來說，應該就是這麼回事。

她嘆了口氣，露出認命的表情開了口。

「魔法科學校將魔法成績視為第一優先……我從一開始就明白這件事，而且也是接受這種原則才入學，但要是只把魔法成績當成唯一的準則，不覺得這是錯誤的嗎？」

「請繼續說。」

「上課待遇有所差別，這也是在所難免，因為我們沒有實力。

可是，高中生活應該不只如此。

連社團活動都以魔法實力為優先考量，這是錯的。」

以達也在這週所見到的狀況來說，與魔法競賽無關的社團活動，實際上並沒有受到校方任何惡意打壓。

與魔法競賽相關的社團，確實受到校方各個層面的支援。

不過這是基於經營學校的觀點，提高魔法科高中名聲的一種宣傳手段。

依照推測，在面前高談闊論的這名女孩，把「沒受到厚待」與「受到冷遇」混淆了。

不過，她這個結論下得太早。

「就算是不擅長使用魔法，我也無法承受自己的劍被看扁，無法忍受自己不被當成一回事。

我不准別人只因為魔法就否定我的一切。」

出乎意料的堅定語氣。

達也覺得，她蘊藏在這番話裡的情感已經超越信念，近乎固執。
紗耶香輕咳一聲端正坐姿，大概是達也筆直注視的視線令她不自在吧。
「我們決定把不屬於魔法競賽類型的社團團結起來。除了劍道社，也有很多人響應。我們打算在今年內成立一個不同於社團聯盟的組織，把想法傳達給校方。要告訴校方，魔法並不代表我們的一切。為此，我希望司波學弟能夠提供助力。」
「原來如此……」
本來以為她是美少女偶像，沒想到是英勇女戰士。
達也為自己的沒眼光露出笑容。
「……是在嘲笑我嗎？」
看來這個笑容令她誤會了。
感覺就這樣令她誤解比較不會拖泥帶水，但達也不小心多嘴了。
「我沒這個意思，只是覺得自己的誤解很好笑。我原本認為學姊就只是一位劍道美少女，所以覺得我很沒眼光……」
後半大部分是自言自語。
或許是由於入學至今，各種個性強烈的美少女接連登場，所以自己下意識期待她是普通的美少女嗎？達也甚至想以此大聲嘲笑自己。

「美少女……」

由於達也正把注意力移向內心，所以沒有聽到紗耶香這聲細語，也沒察覺她臉紅心跳、心神不寧的詭異模樣。

「壬生學姊。」

「什…什麼事？」

達也在不為人知的狀況收起想笑的衝動，讓表情恢復正經。

紗耶香回應的聲音有點走音，不過達也絲毫不以為意。

接下來，達也真的是基於多嘴的含意問了一個問題。

「把想法轉達給校方之後，學姊要怎麼做？」

「……啊？」

學生會室午餐時間的光景，與剛開始相比——是說也只經過兩週——大不相同。

首先，自動配膳機完全無用武之地。

因為繼摩利與深雪之後，真由美也自己帶便當了。

毫無實績的真由美，廚藝頗為令人擔憂（不過擔憂的人只有摩利），但她好歹有達到一般水準，如今正與別人交換配菜並樂在其中。

此外，成員增加了。

只要沒有特別要求，梓平常都是和班上同學一起上學生餐廳，但最近每天都被叫來。

只有一年級和三年級不夠平衡。不知該說任性還亂來，總之很沒道理的理由成為召集令，即使如此梓卻無法違抗，這一點很像是她的風格——雖然她本人應該不願意承認。

順帶一提，男女比例是一比四。

若平衡有問題，要求梓參加將會使得性別更加失衡，不過這方面似乎不算是問題。

「達也學弟。」

「委員長，什麼事？」

餐會成員們正在享用午餐。此時坐在正對面的摩利叫著達也的名字（眾人的位置如下：達也旁邊是深雪，正前方是摩利。深雪正前方是真由美，真由美旁邊是梓）。

摩利應該是想要假裝隨口提及這件事，卻藏不住臉上像是旁觀看熱鬧的笑容。

而且，這名少女即使露出這樣的表情也很瀟灑。

「聽說你昨天在咖啡廳用言語玩弄二年級的壬生，這是真的嗎？」

達也很慶幸自己已經吃完飯了。

如果嘴裡還有飯菜，肯定會有失禮儀。

「……學姊也是一位亭亭玉立的淑女，我覺得還是不要講什麼『用言語玩弄』這種不雅話語比較好。」

「哈哈哈，謝謝。會把我視為淑女對待的，大概只有達也學弟了。」

「是嗎？居然不把自己的戀人視為淑女對待，學姊的男朋友似乎不怎麼紳士。」

「沒那回事！修他……」

摩利講到這裡，露出「糟糕」的表情不再說話。

「…………」

對於這樣的上司——其實只是高中委員會的幹部——達也以面無表情的表情凝視。

「…………」

「…………」

「……為什麼不說話？」

「……講些感想會比較好嗎？」

豐盈微捲的黑髮，在摩利的視線一角跳動著。

雖然非常不願意，摩利還是將視線移向身旁。

正如預料——

真由美背對著她，肩膀頻頻顫抖。

摩利給了真由美背影一個白眼。

接著立刻移開目光。

回歸原位的視線，與達也的視線相對。

「……所以，你真的用言語玩弄劍道社的壬生？」

看來摩利想把剛才那一幕當作沒發生過。

達也看向摩利的旁邊。

真由美不再偷笑，裝模作樣聳了聳肩。

──沒辦法了。

這時候就入境隨俗吧──達也如此心想。

「我剛才說了，請學姊避免使用什麼『用言語玩弄』這種說法比較好……何況對深雪的教育不太好……」

「……請問一下，哥哥。

您該不會誤會我的年齡吧……？」

雖然不太願意，深雪還是以客氣的態度輕聲抗議，不過看到達也以眼神道歉之後，就立刻不再追究了。

再度進入名為沉默的戰鬥。

不過這種戰鬥，往往只會陷入無限迴圈。

如果是將棋，應該由主攻者改變戰法。

但是依照在場成員的既定法則……很遺憾，只能由達也改變戰法。

所謂的立場，總是會在各種場合，以不講理的方式運作。

「……這不是事實。」

「哎呀，是嗎？

不過有人目擊到壬生滿臉通紅，舉止害羞的模樣啊。」

忽然間，達也感覺身旁傳來一陣冷氣。

「哥哥……

您到底做了什麼事？」

並不是自己多心。

室溫真的在物理層面局部降低了。

「魔…魔法……？」

梓的細語帶著一絲恐懼。

現代魔法學是超能力研究的延伸。

換句話說，現代魔法潛在繼承了「超能力」這種特異能力的性質。

傳統魔法與超能力的最大差別，在於發動時是否需要「思考」以外的程序。

現代魔法並非一定要以ＣＡＤ才能發動，基本原因就是來自於此。

不過在同時，現代魔法不能與超能力劃上等號。

一般來說，「超能力者」只能使用一種特異能力，最多也只能使用數種。

將所謂「超能力」制式化暨系統化的現代魔法，導入魔法式作為發動程序，並且導入啟動式作為構築魔法式的工具，使得魔法師可以使用數十種甚至上百種魔法。

只不過，現代魔法的分類有著過度精細的不良傾向。如果依照超能力的標準來大致分類，頂多應該是二、三十種。不過即使如此，多樣化的程度也可說是無可比擬。

現代的魔法使用者——魔法師，透過魔法式使用五花八門的魔法。同時，使用各種魔法的魔法師，在以魔法式作為媒介發動魔法的時候，有時候也會調整自己的精神去適應。

若是專攻特定魔法，性質近似超能力者的魔法師，就可能在沒有明確意圖的狀況下，只以意念就發動魔法。但若是使用數十種魔法的魔法師，一般來說不可能無意間發動魔法。

魔法式確實是在潛意識領域進行處理，不過這是基於己身意識使用潛意識領域的行為，絕對不是真的只以潛意識就構築並處理魔法式。

若要說擅長使用多種魔法的魔法師可以在無意之間發動魔法，就只有一種狀況。

「好強的事象干涉力……」

真由美的細語，使得達也露出苦笑。

即使是割除「超能力」的餘痕也足以改變「現實」，對於個別情報體的強大干涉力。

魔法失控的現象是學藝不精的證明，同時也是擁有卓越天分的證明。

「深雪，冷靜下來，我會解釋清楚。

妳先阻止魔法繼續發動。」

「非常抱歉……」

哥哥的這番話，使得深雪害羞看向下方，緩緩調整呼吸。

室溫不再降低了。

「看來夏天不需要開冷氣了。」

「但如果在盛夏長凍瘡也太愚蠢了。」

真由美用來緩和氣氛，應該說爭取時間讓自己恢復平靜的笑話，被達也一語帶過。

接著達也將自己與紗耶香的對話正確重現，讓在場所有人得知真相。

「看來就某方面來說，風紀委員會的活動會引發學生的反感。」

達也以此作為總結之後，摩利與真由美的臉上出現同樣的陰霾。

「不過，強行舉發賺取業績這種事，真的有人在做嗎？

至少以我這個星期的所見所聞，並沒有類似的情形。」

「我也是。

以我的狀況，我只有透過監視器觀看現場狀況，不過以那種毫無法紀的模樣來看，我甚至覺得風紀委員會各位委員的執法基準太寬容了。」

達也與深雪的指摘，使得真由美的表情更加沉鬱，摩利則是搖搖頭開了口。

「這方面是壬生誤會了。或許是她個人的獨斷見解。

風紀委員會的工作完全是名譽性質，幾乎沒有利益可言。

也完全不像校際對抗賽那樣，會依照比賽表現為實習成績加分。

擔任過風紀委員的資歷，或許多少可以得到某種程度的評價，不過也只限於校內。不像學生會幹部的資歷，能在畢業之後成為提高身價的要素。」

「不過，風紀委員在校內擁有很大的權力，這也是事實。尤其在那些不滿意學校現行體制的學生眼中看來，風紀委員會這種實際負責維持校內秩序的組織，有時像是狐假虎威的走狗。

正確來說，應該是有人刻意操弄謠言，營造出這種印象。」

真由美的回答，連達也都不由得大感驚訝。

看來這件事的背後，存在著意外根深柢固的隱情。

「會長知道對方的真面目？」

對達也來說，這是理所當然的詢問。

「啊？不知道，謠言的出處，並不是那麼簡單就查得出來的東西……」

「……如果查出主謀，就可以阻止這種情形了。」

不過對於真由美與摩利來說，這是出乎她們預料的詢問。

真由美剛才的發言，也是不小心說溜嘴的事情。

達也筆直注視著真由美的眼睛。

真由美很快就移開視線。

達也第一次看到真由美明顯動搖到這種程度。

「我想問的，並不是組織底層負責操弄、散布謠言及營造印象的小角色是誰，而是幕後黑手的真實身分。」

達也感覺得到手臂被輕輕拉了兩下。

移動目光一看，深雪在桌面底下輕拉他的袖口。

大概是暗示他問得太深入了。

然而達也不打算就此收手。

他的腦中，再度浮現出那名男學生對他使用魔法之後逃走的光景。達也的意識朝著男學生右手紅藍線條外框的白色護腕進行特寫。

「比方說，是『Blanche』之類的組織？」（註：Blanche為法文「白色」的意思，法國國旗的白色象徵「平等」）

動搖轉變成驚愕。

真由美僵住不動，摩利也是。

梓瞪大眼睛詫異看著她們。

看來梓似乎不知道細節——達也如此心想。

「為什麼你知道這個名字……」

「這並不是什麼機密情報吧？雖然有下達媒體禁令，不過要封鎖所有消息管道是無稽之談。」

以達也的立場，真由美驚訝到這種程度，才是令他驚訝的事情。

反魔法國際政治團體──「Blanche」。

反對現代行政體系在政治方面厚待魔法師的政策，為了根絕魔法能力造成的社會差別待遇而進行活動，這就是他們宣揚的理念。

然而事實上，這個國家並沒有在政治方面厚待魔法師。

不如說，軍方與政府將魔法師當成道具恣意利用，被批判做法不人道，才是真相。

相較於人口總數世界第一的鄰國，這個國家可以動員的兵力處於絕對劣勢，所以無論如何都必須以質來彌補量的不足──是出自於此種困境下的必然狀況。

同樣任職於軍方或政府，魔法師的待遇確實比一般人優渥，不過這單純只是按照勞力支薪，是燃燒生命嘔心瀝血應得的報酬。

絕大多數的反魔法組織，都是逕自捏造事實加以批判，藉以進行抗爭，進行反對現有體制的活動。Blanche則是其中活動最激進的組織之一。

這個國家表面上保障人民進行政治活動的自由，若只是批判政府，並不會遭受取締或迫害。

然而反體制運動往往容易衍生出犯罪行為，實際上也有許多反魔法組織進行恐怖攻擊。

Blanche是公安當局嚴密監控中的代表性組織。

而且，之前想以魔法挖空達也腳下地面失敗的學生，其右手護腕的配色——紅藍線條外框的白色帶子，是Blanche旗下組織——「Egalite」（註：法文「平等」的意思）的象徵標誌。雖然兩組織表面上沒有直接的關連性，實際上Egalite是Blanche的子組織，以柔性政策吸收對政治冷感的年輕族群，這是內行人都知道的事實。

到底有多少人滲入學校，目前不得而知，或許那名學生是第一個。然而不只是支持者，組織可以直接使喚的臥底已經混入學生之中，代表該組織很有可能已經在這所第一高中，建立了足以進行這種活動的灘頭堡。

「像是這方面的事情，即使用這種不上不下的方式隱瞞，也只會招致負面結果。不，我不是在責備會長，只是在批評政府的做法很拙劣。」

即使達也如此解釋安撫，真由美的表情依然不見開朗。

「……不，達也學弟說得沒錯。將魔法師視為眼中釘的集團確實存在，必須努力讓世人明白他們多麼不講理，將正確的觀念傳達出去。比起連同乍看之下理所當然的挑撥行徑與他們的存在一起隱瞞，我們明明能夠採取更有效的對策……卻一直迴避——不對，是逃避與對方正面對決。」

她甚至轉變成自責的語氣。

「這是沒辦法的事情吧？」

所以達也這種棄人於不顧的語氣，聽起來特別冷淡。

「因為這所學校是國立機構。

我們學生雖然在身分上還不是公務員，不過學生會幹部參與學校的運作，會受到國家方針束縛也是沒辦法的事情。」

「啊？」

真由美無法順利在腦中將達也冰冷的聲音與話語連結起來，露出困惑表情凝視達也。

「……我的意思是說，基於會長的立場，要保密也是逼不得已。」

看到達也不自在移開視線，摩利微微揚起嘴角。

「喔喔，達也學弟，你也有挺溫柔的一面啊。」

「不過，把會長逼到絕境的也是司波學弟吧……」

梓輕聲說出這句話。

摩利立刻搭腔追擊。

「自己將對方逼上絕境再溫柔安撫……這是小白臉的手法。

而且真由美看起來已經完全被攻陷了，達也學弟真有一套。」

「等…等一下，摩利，不要亂講話啦！」

「真由美，妳臉紅了。」

「摩利！」

學生會長與風紀委員長開始嬉鬧。

這段時間，達也露出事不關己的表情看向其他地方。

即使是妹妹冰冷的眼神，也裝作沒有察覺。

「那麼……時間差不多了，請容我們先回教室。

深雪，走吧。」

真由美與摩利還在繼續嬉鬧，達也向她們知會一聲就起身。

剛才鬧情緒的深雪，達也已經誠心誠意說服並且安撫了。

目睹安撫過程的梓，如今滿臉通紅逃到房間角落的終端裝置前面，但達也不以為意。

「啊，達也學弟，先別走。

呃，真由美，暫停暫停，現在正在談正事啊！」

「……後續就等放學之後慢慢聊吧。」

「知道了知道了……真是的，妳居然計較到這種程度，真不可貌相……

話說達也學弟，你要怎麼回應她的邀請？」

「現在是我在等待對方回應，我打算聽過答案再決定。」

達也昨天在咖啡廳提出的問題，紗耶香沒能當場回答。

——把想法傳達給校方之後，學姊要怎麼做？

紗耶香只是發出「啊」或是「唔」的聲音，沒能回以有意義的答案。

所以達也讓她帶回去當成作業。

等她整理好自己的想法，再聽她好好述說。

「經過剛才的交談，我明白這件事不能置之不理。」

「——拜託你了。」

「雖然現階段，我們甚至不知道能拜託你什麼……」

「總之你盡力而為就好。」

「聽兩位的語氣，我不明白自己究竟有沒有受到期待……總之如果是這種程度就好的話，我會幫忙。」

達也剛才說「不能置之不理」並不是口頭說說。如果反魔法組織的活動目標只是制度本身，他就不需要積極採取行動。然而，伴隨著暴力的反體制運動，往往是針對具有象徵性地位的某些人。本年度以首席成績入學並成為學生會幹部的深雪，無法保證不會成為攻擊對象。雖然達也不認為那種只敢私底下採取小動作的罪犯會對深雪造成威脅，但是不怕一萬只怕萬一。

「我就盡力而為吧。」

達也以清晰口吻允諾，深雪在他身後簡單行禮。摩利目送兩人消失在門後並且細語。

「這樣應該會以最好的結果收場吧。」

◇　◇　◇

風紀委員會基於業務性質，成員們不需要每天到總部露面。

以委員長為首的成員，平常都待在樓上的學生會室。

委員會成員是從各方面精挑細選的武鬥派，難免比較不擅長行政與整理方面的工作，加上社辦平常並不是固定有人在，所以室內陷入荒廢至極，令人嘆息的狀態。

達也即使不提社員招生週的戰績，光是身為唯一擁有行政管理技能的成員，就已經在風紀委員會得到穩固的地位了——雖然並非本意。

今天也一樣，本來並不是輪值日，卻因為驚濤駭浪社員招生週的活動報告完全沒整理，所以摩利請他過去幫忙——雖說是幫忙，實際上工作的人只有達也。

這種狀況也完全非他所願。

依照他原本入學的預定計畫，放學後應該是要前往圖書館，使用魔法大學及其附屬教育機構——魔法科高中設置的專用終端裝置，閱覽魔法大學所收藏，只有專用終端裝置能閱讀的非公開資料，卻因為發生各式各樣的事情，使得研究完全沒有進展。

（總之，在今天完成報告書吧……）

知道嘆氣毫無建設性的達也，還是嘆了口氣在內心如此獨白，為了先與深雪會合，從上完本日課程的終端裝置登出——狀況在他想登出系統的這時候發生了。

就像是預先抓準時機，螢幕顯示收到新郵件的通知。

通知訊息附帶學校認證。

換句話說，這是學生有義務閱讀，關於指導或通知的郵件。

達也當然不能視若無睹，所以重新坐回椅子打開收件匣。

寄件人的欄位顯示「小野遙」。

◇◇◇

「抱歉忽然找你來一趟。」

「沒關係，我沒有急事要處理。」

在諮商室，遙以毫無愧疚的笑容進行形式上的道歉，達也同樣以無誠的客套話回應。

老實說，遙這次找達也過來，令他感到困擾。

雖然確實沒有急事，但是對於今天答應要幫忙的摩利那邊，光是發郵件告知還不夠，不只是打電話頻頻道歉，還被迫接下預定以外的工作。

至於臨時沒有哥哥陪同前往學生會的深雪，雖然表面上維持一如往常的模樣，但是想到回家之後要如何討好她，達也現在就開始頭痛。

到頭來，他沒有任何事情想找輔導老師商量。

達也希望老師盡快說明找他來的原因。

「怎麼樣？適應高中生活了嗎？」

不知道遙是否明白達也的想法——達也覺得肯定不明白——她提出這個制式問題。

「沒有。」

相對的，達也回以一個很難說是制式的答案。

「……發生什麼讓你困擾的事情嗎？」

「出乎預料的事情太多，害我很難專注於課業。」

弦外之音則是「別廢話，快進入正題，這樣很浪費時間」。

即使聽不出弦外之音，遙似乎大致理解達也態度並不友善，露出介於苦笑與微笑之間的曖昧笑容，刻意朝達也交替雙腳。

短窄裙底下，是以薄褲襪包裹的肉感大腿。

相視而坐的兩人之間，沒有任何遮蔽視線的物體。

依照現代禮儀，在公眾場合必須避免裸露肌膚。

女學生有義務在裙子底下，穿一件不會露出膚色的緊身褲或內搭褲。在這樣的校內，先不提對方的成熟度，現在這幅光景頗為罕見又刺激（附帶一提，因為纖維素材的進步，即使是完全不裸露肌膚的穿著，依然可以舒適度過酷暑）。

這麼說來，淡色上衣也是將釦子解開到胸前，內衣的線條若隱若現。

學校教職員在學生面前穿這種服裝稍嫌挑逗。

「……怎麼了？」

遙以捉弄的語氣，詢問不由得看得目不轉睛的達也。

達也連忙移開目光，結巴做出回應──一般來說應該如此，但達也的反應與眾不同。

「依照現代的穿著標準，我覺得小野醫生穿得太惹火了。」

「對…對不起……」

達也的眼中沒有興奮神色，反倒是以冰冷的視線觀察，加上他聲音裡隱含責難之意，使得遙連忙合攏雙腳，重新緊貼著椅背坐好。

誘使對方內心動搖，是取得對話主導權最為普遍的技巧。遙之所以選穿這種衣服就是為此布局。然而這名新生（也就是達也）只是面無表情以眼神回應。

亂了步調。

無法掌握主導權，使得遙感到困惑。

「所以，這次為什麼會找在下過來？」

語氣雖然有壓抑著情緒，卻隱約透露著煩躁感。

遙甚至會懷疑，連這種語氣都是他刻意裝出來的。

遙自認沒有因為達也只是將滿十六歲的少年就瞧不起他。

正因為知道他不好應付，才會試著做出這種不熟練的色誘舉動，不過看樣子似乎得放棄這種風險小卻拐彎抹角的做法了。

遙如此下定決心之後，換個心情面對達也。

「今天找司波同學前來，是想請你協助我們的業務工作。」

「我們的業務工作？」

遙光是從入學測驗成績，就知道達也很聰明。

即使如此，他這種一針見血的回應，令遙對他更加警戒。

「是的，我們生活輔導組的業務工作。」

或許被看穿了——這樣的直覺掠過遙的意識。

然而她現在也只能堅持「生活輔導組的業務工作」這個藉口，此外別無他法。

「學生們的心理傾向，幾乎每年都有所變化。

比方說，司波同學有時候會以『在下』自稱吧？

魔法科學生原本就有不少人志願從軍，所以這種自稱並不稀奇，不過即使如此，『在下』這個第一人稱在學生之間普及，是三年前沖繩防衛戰勝利之後的事情。

社會局勢的變化，也會令學生們的心理有所變化。尤其是發生重大事件之後，學生們對事物與自己的感受與思考方式會大幅改變，甚至不像是該年紀青少年會有的模樣。」

遙說到這裡暫時停頓，觀察面前少年的表情。

達也絲毫沒有露出困惑的模樣，反而像是把遙這番話當成已知常識沒聽進去。

「所以我們每年都會挑選一成左右的新生，讓他們繼續接受輔導。

這麼做是為了把握該年度學生們的心理性向，讓輔導工作更加確實又有效。」

「換句話說，就是白老鼠？」

達也隨口總結。從他的話裡，找不到憤怒、侮蔑或厭惡這種理所當然的負面情感。

「只是這樣的話，我會協助。但您真正的目的是什麼？」

達也帶著微笑回以這個問題。

遙不得不絞盡全力隱瞞動搖的情緒。

「……你覺得我在隱藏真正的目的？
太讓人遺憾了，我可不是那種壞女人耶。」
刻意裝得輕佻的調侃語氣，與其說用來與對方套交情，更像是在隱瞞自己的動搖。
「但我覺得自己太特別，不適合成為樣本。」
「也是，我同樣認為司波同學不算是普通新生。
但是我反而因此希望你能幫忙。
或許你是跨越一科生與二科生隔閡的第一人，但你不一定是最後一人。」
「……那我就當成是這麼一回事吧。」
總之似乎說服他了——遙鬆了口氣。雖然看起來不是真的接受，不過現在正是自己展現諮商本領，解除他堅固心防的好機會。遙就像這樣告訴自己——帶著些許逃避現實的感覺。
「看來我功力不夠到家，害得司波同學不信任我，我對此感到遺憾。
……那麼，方便我問幾個問題嗎？」
「好的，請問。」
雖然知道對方有所警戒，但時間並非無限。
遙依序向達也提出預先準備的問題。

輔導工作會牽涉到隱私權，因此保密是基本的職業倫理。如果是對方主動前來諮商，在解決問題的過程中得到的情報，不能洩漏給第三者得知。遙現在是主動要求協助，不可能會問到學校以外的私人事項。因此她提出的問題，必然只限於學生入學至今在校內發生的事。

達也親口說明入學至今經歷的一連串風波之後，遙的反應則是——

「……謝謝。

不過話說回來，你居然能夠如此平靜。

壓力累積到這種程度，就算是出現精神失衡的症狀也不稀奇了。」

她以醫生的表情感嘆說著。

其實遙專攻心理衛生，並且有取得醫師資格，所以達也會依照場合稱呼她為「醫生」。不過現在的她應該是以輔導老師的身分聆聽達也的敘述。

「以醫學來說或許如此。

不過只要是統計數據，總是會出現例外。」

臨床數據是基於統計而得的產物。聽到達也指出這一點，遙難為情移開目光。

遙就這樣暫時左顧右盼，不過當她察覺達也不時偷看牆上的復古（也可以說是落伍）時鐘後——達也當然是刻意讓遙察覺的——就連忙移回視線。

「呃，以上就是今天要問的所有問題。

……話說回來，雖然這件事與輔導沒有直接的關係，不過……」

「什麼事？」

「聽說二年級的壬生同學向你提出交往的要求，是真的嗎？」

「……還真的是沒關係的事情。」

達也沒有隱藏自己無言以對的表情。

遙慌張地繼續說下去。

「因為對方是壬生同學，所以我有點在意……

不過詳情我不能透露。」

「您把他人的私事告訴我，也只會令我困擾。

所以您到底是從哪裡聽到這樣的謠言？」

「這是……謠言？」

「是謠言，請問有什麼不便之處嗎？」

「不，完全沒有……不對，老實說，如果司波同學有那個意思與壬生同學交往的話，我想拜託你一件事。

不過司波同學若沒那個意思就算了。」

「我說了，學姊提出交往的要求這種事只是謠言。

所以您是從哪裡聽到這個消息？」

達也再度詢問，遙則是刻意移開目光。

「對不起，這是機密。」

達也沒有繼續追問下去。

「那麼，我告辭了。」

他由追問改為起身，不等回應就走向門口。

「如果遇到關於壬生同學的問題，歡迎隨時來找我商量喔。」

遙從後方傳來的這句話，蘊含著某種確信。

會發生某些「問題」的確信。

究竟會發生什麼問題，達也對此並非完全沒興趣，但他沒有停步也沒有轉身。他的個性沒有可愛到會被這種程度的好奇心驅使而落入陷阱。

◇　◇　◇

晚餐過後，達也坐在自己房間的終端裝置前面做事，此時門外傳來一個聲音。

「哥哥，我是深雪。」

這間屋子裡，實質上只住了達也與深雪兩人。

用不著講名字，只要敲門就知道是誰，或是開口發出聲音就行。

即使如此，深雪每次都會像這樣自報名字。

就像是要將自己的名字印在達也心中。

就像是害怕達也忘記她的名字。

「進來吧。」

達也目不轉睛看著螢幕，示意妹妹可以進房。

終端裝置安裝在房門側邊的牆面。

達也閱讀著高速捲動的字串，以餘光捕捉妹妹的身影。

「哥哥買給我的蛋糕送來了……要喝杯茶嗎？」

這句邀約帶著幾分猶豫，或許是因為害哥哥破費安慰她，所以感到過意不去吧。

以達也的立場，如果送個蛋糕就能了事，這點小錢不算什麼，但她這種端莊有禮的態度，也是這個妹妹的優點——是否能在所有人面前都展現這種態度就暫且不提。

順帶補充，「蛋糕送來了」這種形容方式，若是在一百年前，應該僅限於少數狀況才能使用，但如今已經是日常生活耳熟能詳的字眼了。

物流系統的進步，讓「提行李」這樣的說法步入歷史。

即使是蛋糕這樣的小東西也是免運費送到家。

以店家的角度，接到訂單再製作商品外送，可以不再負擔庫存壓力，也能增加顧客流量。以這兩項優勢與壓縮到極限的物流成本相比，當然會願意提供外送服務。

「我立刻過去。」

達也如此回答，將螢幕上的情報儲存在區域網路的共享資料夾。

達也享受著深雪愛吃的巧克力蛋糕，以泡得較為苦澀的咖啡，將留在嘴裡不會過甜的鮮奶油送進肚子裡，並且將客廳螢幕變更為檔案瀏覽模式。

「……我也可以看嗎？」

達也自己也還沒有吃完蛋糕，深雪的速度更慢。

即使如此，達也依然毫不在意地打算開啟檔案，很明顯是要讓深雪一起看。

「當然。」

即使如此，深雪還是姑且提問確認，在得到肯定的回應之後放鬆坐下。

「雖然不適合在一家團聚的時候提這個話題，但妳應該也不能置身事外，所以我覺得早點和妳分享情報比較好。

……慢著，用不著這麼拘謹。」

看到妹妹放下叉子正襟危坐，達也加上肢體動作示意沒這個必要。

達也露出苦笑，深雪則是以羞澀的笑容回應，並且再度拿起叉子。

「開啟壓縮檔『Blanche』。」

客廳桌子擺著食物，不方便拿完整鍵盤過來用。

雖然達也不太喜歡如此操作，但仍使用語音指令，讓螢幕接連顯示各種調查成果檔。

「是白天提到，進行反魔法活動的政治結社嗎？」

「當事人自稱是市民運動，不過背地裡完全是恐怖分子。

而且，應該可以確定這些恐怖分子正暗中在校內活躍。Blanche底下有一個叫做Egalite的團體，其實我在執行風紀委員的任務時，有看到疑似參加Egalite的學生。」

對達也的話，深雪先是感到驚訝，而後歪著頭表示疑問。

「在魔法科高中看到，而且是魔法科高中的學生？」

「妳會這樣質疑也是在所難免。」

看到深雪展現的困惑神情，達也大幅點頭表達共鳴。

「不只是第一高中，魔法科學校是想以魔法當助力的人們學習魔法的地方。至於動機是為了利己還是利人暫且不提。

所以，魔法科高中的學生否定魔法，只會是自打嘴巴。」

完全就是自相矛盾。對於達也來說，社會制度認定的魔法，害他被貼上負面的標籤，然而即使如此，他身為魔法的學習者暨研究者，並不會否認魔法。

「以理所當然的想法來看，這是很奇怪的事情……

不過正因為這種『理所當然』不適用，那種奇怪的傢伙才會蔓延。」

「……為什麼會變成這種狀況？」

「如果以普通概念思考這種事，會陷入死胡同找不到答案。

所以應該放下普通概念，將這件事視為特例具體思考。

首先必須理解一點，他們雖然高舉反魔法主義的旗幟，表面上卻沒有否定魔法。」

「這麼說來……確實如此。」

「他們的口號是『廢除魔法造成的社會差別待遇』，口號本身很正確，無從批判。」

「……是的。」

「那麼，這裡提到的差別待遇是什麼？」

「個人的實力與努力，沒有受到應有的社會評價……嗎？」

「深雪，我剛才說過，不應該以普通概念來思考。」

達也如此說著，拿起邊桌上的遙控器朝向螢幕。

十六等分的畫面，有一格擴大並且顯示在最上層。

「表面上是政治結社的Blanche，以魔法師與普通上班族的所得水準差距，當成魔法師受到厚待的證據。

他們所說的差別待遇，說穿了就是平均所得的差距。

不過這只是平均所得，只是結果論，並不是真正的狀況。

他們完全沒有考量到，高收入的魔法師必須負擔多麼沉重的工作量。

擁有魔法技能卻只能找到非魔法相關的工作，收入只有上班族平均水準甚至更少的一大群後備魔法師們，完全被他們忽略了。」

平淡述說這番話的達也，話語之中幾乎沒有情感，只有透露出些許無奈。

「即使是再強力的魔法，只要社會用不到，就無法帶來金錢與名譽。」

深雪難過地低頭看著下方。

達也起身繞到妹妹身後，將手溫柔放在她的肩上。

「魔法師的平均收入比較高，是因為某些魔法師擁有社會所需的罕見技能。

為數不多的魔法師之中，高收入的魔法師占了比較高的比例，所以平均收入比較高。

而且這些活躍於第一線的魔法師，是因為對社會有所貢獻——不，這種說法太冠冕堂皇了。

無論是金錢方面還是金錢以外的方面，總之魔法師是因為能夠產生某些利益，才能獲得較高的報酬，並非只因為是魔法師就享有優渥的待遇。

魔法師的世界沒這麼簡單，不是只要擁有魔法天分就能享受富裕的生活。我們非常明白這一點。

沒錯吧，深雪？」

「是的……我非常清楚。」

深雪把手放在肩頭的達也的手上，深深點了點頭。

「換句話說，Blanche反對魔法造成的差別待遇，說穿了就只是反對魔法師獲得金錢報酬。也就是說，他們要求魔法師以無私的精神為社會服務。」

「……聽起來是非常任性又自私的主張。

無論是不是魔法師，任何人生活都需要金錢上的收入，卻不准魔法師以魔法賺錢為生。即使能使用魔法，也必須以魔法之外的工作討生活……

所以只是因為他們自己無法使用魔法，才不希望魔法被當成個人能力的衡量標準吧？

他們認為魔法師鑽研魔法的努力沒有獲得回報也沒有關係，認為魔法師的努力理所當然不用受到讚許……

還是說，這些人不知道魔法並非光靠天分就能使用？不知道需要進行長時間的學習與訓練才能使用魔法？」

達也離開深雪身後，露出嘲諷的笑容回到自己的座位。

「不，他們知道。

明明知道，卻不會說出來。

只要是對自己不利的事情，他們就不會去說，也不會去想，只以『平等』這種悅耳的理念欺騙他人，欺騙自己。

深雪剛開始有這麼問吧？

妳問魔法科高中的學生，為何會參加Blanche或Egalite這種反魔法組織進行活動。」

「是的……您的意思是，他們並不是不知道魔法否定派的真正想法……？」

「無法使用魔法的人們認為，自己再怎麼努力也學不到的魔法，不能當成得到高等地位的工具。他們覺得這樣不公平。

既然這樣，即使同樣能使用魔法，才華平庸的學生看到天資聰穎的學生，會覺得自己這麼努力卻追不上他們很奇怪，覺得自己被瞧不起很奇怪……會有這種想法也不足為奇吧？

天分的差異，不只存在於魔法領域，也不只是藝術或運動領域，而是存在於人類生活中的各種領域上面。

即使沒有魔法天分，也可能擁有其他的天分。

如果無法忍受自己沒有魔法天分，就應該尋找其他的專長活下去。」

沒有深入認識達也的人，或許會認為這番話是達也講給自己聽的。然而在場唯一聆聽他這番話的深雪，不會有這種偏差的誤解。

「我認為學習魔法的人會否定魔法造成的『差別待遇』，正是因為他們離不開魔法。不想離開魔法領域，卻無法忍受自己得不到別人的認同。

即使付出相同的努力也追不上別人，他們無法承受這樣的事實。

即使付出好幾倍的努力也可能追不上別人，他們無法承受這樣的事實。

所以他們反對以魔法當成評價標準。

擁有天分的人同樣要付出努力作為代價，他們當然明白這個事實，因為他們親眼目睹。即使如此，他們卻刻意忽視這樣的事實，把責任全部推給與生俱來的才華，並且予以否定。

總之……我並不是無法理解這種軟弱，我心中確實也有這樣的想法。」

「沒那回事！」

深雪也知道，達也並不是真的在自嘲。即使如此，她還是不由得增加音量。

「哥哥明明擁有沒人學得來的天分，只是沒有與他人相同的天分，而且您不是已經付出常人幾十倍的努力至今了嗎！」

達也只是沒有普通的天分，卻擁有優於任何人的魔法天分，深雪自負自己是最明白這一點的人。即使是當事人，即使是自己的哥哥，她也不允許任何人否定這件事。

「這是因為我擁有別的天分。」

「啊……」

然而達也不只是明白深雪話中含意，而且他剛才那番話，包含了「我也能理解已身這份軟弱」的意思。深雪察覺到自己的反駁只是妄下定論，不禁害羞臉紅。

「我缺乏現代魔法的天分，但已經以其他的天分來彌補。

正因為我有方法彌補，才能像這樣站在旁觀者的立場評論。

如果不是這樣……或許我就會以『平等』這個美麗的理念當依靠了。

即使明知那只是一場謊言。」

「…………」

深雪這次沒有反駁哥哥平淡述說的這番話，她也已經理解達也想表達的意思了。達也並不是在自我感傷，也不是在憐憫自己以外的某人，而是在述說包含自己在內的「人性軟弱」。

「魔法天分不足的人，不願正視自己天分不足的事實，一味提倡平等的理念。

無法使用魔法的人，不願意正視這只不過是人類其中一種天分的事實，而將嫉妒裹上了理念的糖衣。

那麼，明白這一切並且煽風點火的傢伙，真正的目的是什麼？

那些傢伙宣稱的平等，是將『會使用魔法』與『不會使用魔法』的人一視同仁。

所謂的廢除社會差別待遇，是不把魔法技能當成評價標準。

總歸來說，就是否定魔法在社會上的意義。

如果社會不把魔法當成評價標準，魔法就不可能進步。

反對魔法造成差別待遇，主張魔法師與普通人完全平等的這些傢伙身後，隱藏著想要讓這個國家的魔法衰退的勢力。

「這股勢力究竟是……？」

「無論是好是壞，魔法都是一種力量。財力是力量，科技是力量，軍力也是力量。魔法可以成為與戰艦或戰機相同類型的力量。現今世界各地就在研究如何將魔法運用在軍事上，竊取魔法技術的軍事間諜也相當活躍。」

「那麼，魔法否定派的目的，就是要讓這個國家的魔法衰退，結果好藉以削減這個國家的國力，是嗎？」

「或許吧。」

因此他們不惜採取殘忍的恐怖攻擊。

那麼，要是這個國家的國力打折扣，誰會從中得利？

「難道……那麼，他們的後台是……」

「就是這麼回事。」

而且十師族不可能對這種傢伙置之不理。

尤其是四葉家。

所以必須從現在就充分提高警覺。」

對什麼東西提高警覺？達也沒有說。

兩人之間，沒必要明講這種事。

深雪以稍微蒼白的臉蛋，點頭回應哥哥的這番話。

【8】

社員招生（爭奪？）週結束之後，入學相關的活動告一段落。

達也他們的班級，也終於進入正規的魔法實習。

正式的魔法專業教育是從高中課程開始，不過從入學測驗包含魔法實技就可以得知，學生們在入學的時候，就已經習得某種程度的基礎魔法技能。

課程內容也是依照這個標準設計，所以雖然是重新從基礎進行系統式教學，但是不擅長實技的學生，也可能剛入學就跟不上進度。

就某個層面來看，將學生分成一科與二科，是考量到這樣的實力差距，避免對雙方造成負面影響的合理做法——即使會將其中一邊完全割捨。

◇◇◇

「九四〇ｍｓ（毫秒），達也同學，你過關了！」

「真是的……第三次終於過關嗎……」

美月像是自己過關一樣開心得眼神閃亮，達也則是露出疲憊的笑容回應。

現在，達也他們班正在進行魔法實技課程。

今天的實技課題是兩人一組，要在限制時間之內，編譯基礎單一系統魔法的魔法式，並成功將之發動。

讀取啟動式，並以其為基礎，在魔法師潛意識領域裡的魔法演算領域，依照啟動式構築魔法式並且發動。

這就是現代魔法系統。

在整套架構之中，將能以檔案形式儲存在機械裡的啟動式，轉換為機械無法重現的魔法式，這個步驟沿用資訊工程的用語稱為「編譯」。

現代魔法把發動魔法的必要工序建檔轉換為啟動式，再以此構築魔法式。這樣的架構令魔法得以更加正確、安全又多采多姿。

為此付出的代價，則是犧牲了「超能力」原本只以意念就能改變事象的速度。

由於增加「構築魔法式」這個工序，這也是無可奈何的事情。

不過，雖然無法省略掉構築魔法式的時間，卻可以讓這段時間趨近於零。

現代魔法之所以重視構築魔法式的速度，就是基於這樣的背景因素。

的著力點。

CAD本來只是用來記錄啟動式原始檔的儲存機器，不過很快地，它就成為了加速發動魔法

今天上課使用的CAD，不需要針對不同使用者進行調整，相對來說也完全沒有搭載提升速度的輔助功能。使用這種就某方面來說最為原始的CAD，讓學生練習提升自己的編譯速度，就是今天實習課程的目的。

同組的其中一人沒有過關，另一人也自然而然必須留下來。美月一次就過關，所以對達也來說，這次過關令他放下內心的重擔，鬆了口氣。

「不過我好意外，達也同學真的不擅長實技……」

像是今天這樣的課題──單一系統暨單一工序的魔法，從展開啟動式進行讀取開始計算，如果能在五百ｍｓ之內發動魔法，才算是能夠獨當一面的魔法師。

必須挑戰三次才能在一千ｍｓ之內發動魔法的達也，說客套話也不算優秀。

「意外？我其實自己講過很多次了吧？」

「雖然我確實聽過……但一直以為是謙虛。

因為達也同學這麼萬能的人，居然不擅長實技……」

美月打從心底詫異歪過腦袋，使得達也不由得苦笑──他沒有選擇其他表情的餘地。

「……雖然我自己這麼說也很奇怪，但要是我的實技有普通水準的話，應該就不會編到這一

班了吧。」

達也儘可能避免語氣惹人厭惡。不知道是努力奏效還是白操心，美月率直點了點頭。

「說得也是，如果達也同學擅長實技……或許就會過於完美，令人不敢接近了。」

美月語畢，露出純真的笑容。

自己的笑容是否與她相同？達也有點在意。

「不過，達也同學……你不會不甘心嗎？」

「……不甘心什麼？」

從美月再度納悶的表情看不出任何心機，所以達也才願意回答她的問題。

「明明真的有實力，卻被評定得像是沒有實力一樣，我覺得一般來說都會不甘心。」

如果是我，肯定會非常不甘心。要是我有達也同學這樣的實力，會很難忍受自己被視為雜草而瞧不起……不過達也同學看起來不太在意，所以……」

這個問題非常難回答。

依照美月的個性，無法想像她會在聽過答案之後到處說壞話或是打小報告，但如果要給她一個能夠接受的答案，達也就非得透露自己內心暗藏的某些祕密。

「處理速度也是實力的一種。」

而且是重要的要素。

零點一秒定生死的狀況並不是不存在，所以我被評定沒實力並沒有錯。」

到最後，達也選擇了原則論。

如果美月是普通的二科生，這個答案就能令她接受吧。

然而，她擁有特別的「眼睛」。

「只要以實踐為前提，達也同學其實可以更快發動魔法吧？」

「……為什麼會這麼想？」

達也明白，只要問了這個問題，就等於已經承認對方的推測，承認自己說不過對方。然而他動搖的腦袋無法演算出更好的回應。

「關於剛才的實技，達也同學三次都做得很不順手。

我母親從事翻譯工作，所以我會以這種方式譬喻，這樣就像是能用英文文法思考英文問題並以英文回答的人，被迫以日文回答並且翻譯成英文。

而且達也同學在第一次挑戰時，曾經捨棄即將建構完成的魔法式重新編譯吧？

以時間來看，你是同時進行啟動式的讀取，以及第一段魔法式的構築。

我看到那一幕就有這種想法了。

若是這種程度的魔法，達也同學應該能不使用啟動式，就直接建構魔法式吧？」

不使用啟動式，換句話說即是不必使用ＣＡＤ，就能以同等速度使用魔法。達也有義務將這項技術嚴加保密。

然而只進行一次實技挑戰，美月就看穿了。

達也打從腦子裡感到涼意。

警戒心達到頂點，動搖超過極限，反而令他恢復平常心。

對於情緒很少動搖的達也來說，這是罕見的體驗。

「沒想到被妳看到這種程度。

不愧有一雙好眼睛。」

這次輪到美月臉上失去血色。美月果然想隱瞞自己「眼睛」的事情。

這種說法有點壞心眼嗎？如此心想的達也微微揚起嘴角。不過從美月的反應來看，祕密技術被看穿的風險大幅降低了。

達也決定在此時趁勝追擊。美月已經知道他擁有不必使用啟動式就能喚出魔法式的技術，既然這樣，就讓她認定這純粹是個人特有技能，讓她不再對這個系統感興趣就好。依照她的個性，只要能讓她滿足某種程度的好奇心，應該就不會進一步深究。

「沒錯，如果是基礎單一系統的魔法，我的確可以直接建構魔法式加快發動速度。

不過這一招只能用在工序少的魔法，我的極限是五工序。」

在現代魔法裡，「工序」這個詞有兩個意義，其一是「發動魔法的過程」，其二是「為了改變現象達到目的而組合複數魔法時，各項魔法的處理程序」。達也在這裡所說的「五工序魔法」，指的是組合五種魔法處理，藉以改變單一事象的術式。

舉例來說，如果要廚房裡的雞蛋移動到餐桌，必須經過加速、移動、減速（負加速）、停止（結束移動）四個工序。

移動魔法是改寫物體速度與線性座標的魔法，要是省略加速工序，物體會無視於慣性持續加速。物體如果是雞蛋就會破掉。

如果省略移動工序，只進行加速與減速的處理，雞蛋會以拋物線軌跡飛過來，必須進行精密到恐怖的減速控制。即使會增加一個工序，但是先以加速魔法將速度降低到一個程度，再以移動魔法將速度歸零，是比較容易的做法。

相對的，如果是交戰時將對手打飛的魔法，只要以單一的移動工序就能完結。使用魔法的目的原本就是要讓對方受到打擊，所以不需要加入緩和衝擊的工序。

「我覺得如果是戰鬥用魔法，五工序已經綽綽有餘了……」

一般來說，民生魔法需要的工序，比戰鬥魔法來得多。

如同美月所說，戰鬥用的魔法，大部分都是單一工序到五工序的魔法。

「我學魔法並不是為了戰鬥。

要熟練使用多工序魔法，啟動式還是不可或缺，我在這方面的處理速度拙劣而得到相應的評價，這是在所難免的事情。我能夠接受這種狀況。」

達也說完再度投以微笑，隨即美月不知為何以溼潤的雙眼抬頭看他。

達也感受到一種不自在的突兀感，就像是某處計算錯誤的感覺。

而且，計算錯誤導致的錯誤演算結果，立刻顯示在達也面前。

「真了不起，達也同學……我好尊敬你。」

美月將十指交握於胸前，以陶醉的語氣說出（對達也而言）不能當成沒聽到的感想。

「啊？」

「因為能使用魔法而成為魔法師，一般來說都是如此……但達也同學確實擁有自己的目標，而且是為此學習魔法……」

「慢著，嗯，確實是這樣沒錯，不過……」

「我要改變心態！」

「呃……」

「我原本只是為了控制這雙『眼睛』學習魔法，沒有深入思考過將來想要用魔法做什麼，但我今後會好好思考這件事！」

咦？她不是想隱瞞眼睛的事情嗎？雖然達也在此時想到這個問題，卻受制於美月的氣勢，找不到空檔如此吐槽。

「哈囉，美月同學？」

「說得也是，只要擁有堅定的目標，稍微受到中傷也不會受挫。只要能夠達成自己人生的重要目標，學校成績只是其次。這就是生存的價值。

人們必須追求只屬於自己的生存價值……」

「慢著，美月，妳在激動什麼？」

美月的獨角戲──即使還在上課──一直持續到艾麗卡如此吐槽。

班上同學投來的奇異目光──應該說是白眼，美月總算察覺到，紅著臉低下頭。

達也看著這樣的美月慎重維持表情，避免臉上浮現嘲諷的神色。

生存價值？

並不是那麼了不起的東西。

他無法選擇與魔法無關的生存方式。

不是因為能使用魔法而成為魔法師，是無法使用魔法卻被塑造成魔法師。

魔法對他而言，是在誕生瞬間背負的詛咒。

他只不過是努力掙扎，想要將詛咒轉換為自己能夠容忍的東西。

然而──如果一般來說都只是「因為能使用魔法」而成為魔法師，那麼某些魔法學子否定魔

或許自己的觀念有些錯誤。

——達也如此心想。

◇ ◇ ◇

接著到了午休時間。

後來達也還是在課後留下來了。

——基於艾莉卡與雷歐的懇求。

「一〇六〇ｍｓ……好，加油吧，只差一點了。」

「好…好遙遠……沒想到零點一秒的距離這麼遙遠……」

「笨蛋，不應該用『遙遠』形容時間，應該用『漫長』才對吧？」

「艾莉卡……一〇五二ｍｓ。」

「啊啊啊啊！

別說出來啦！

我好不容易才拿笨蛋成功轉換心情呢！」

「對…對不起……」

「不，沒關係，美月。

無論現實再怎麼嚴苛，我都必須正視才行……」

「……妳要演蹩腳戲是妳家的事，不過差不多別再拿別人當玩具了。」

艾莉卡與雷歐在上課時，同樣沒能通過一秒的關卡。

所以拜託達也協助指導。

「雷歐，你花太多時間設定瞄準了。

這種魔法沒必要將座標設定得這麼精細。」

「我明白，可是……」

雷歐已經沒有餘力逞強，達也以同情之意朝他點了點頭。

「總之，應該是在所難免吧……

沒辦法了，雖然是祕技，但你要不要試著先設定瞄準再讀取啟動式？」

「啊？做得到這種事？」

「所以才說是祕技。這是個沒有應用價值，不過只能用來臨時充數的方法，我原本不太想教就是了……」

「怎麼這樣！達也，拜託了！到了這個節骨眼，無論是祕技還是作弊的方法都好，拜託你教我吧！」

雷歐雙手合十頂在頭上膜拜，達也深深嘆了口氣。

「別講得這麼難聽，又不是什麼犯規的方法。

……真是的，我明明就說過我也不擅長實技，如果真要找人教的話，找成績更好的同學不是比較好嗎？」

「雖說不擅長，但還是比我擅長吧？

而且只有你連編譯的構造都摸得清清楚楚，可以指出我哪裡做得不好。」

「用不著拍馬屁，我還是會教你……

然後，艾莉卡這邊則是……」

「怎麼樣？無論是祕技還是作弊還是犯規都好，拜託你了！

人家已經練到餓了啦～」

「我說過，你們不要異口同聲講得這麼難聽。

啊～關於艾莉卡這邊……我不知道妳哪裡做得不好。」

「咦咦咦？」

「正確來說，我不知道妳為什麼做不好。

妳的編譯過程明明比我順暢得多呢。」

「怎麼這樣！達也同學，不要拋棄我啦！」

艾莉卡淚眼汪汪──不過多少有些裝模作樣──像是祈禱般交握手指抬起視線求情。達也再度對她嘆了口氣。

這兩人的行為模式真是如出一轍──雖然達也如此心想，說出口的卻是另一番話。

「所以，艾莉卡，妳在讀取啟動式的時候，試著雙手重疊按在觸控板上。」

「咦？」

聽到這番話，不只是艾莉卡，連美月也露出詫異的表情。

「……這樣就行？」

「我也沒有很確定，如果進行得順利再說原因。」

「嗯…嗯……我試試看。」

艾莉卡先把疑問放在一旁，轉身面對固定式ＣＡＤ。

達也看她開始挑戰之後，開始向雷歐傳授祕技。

過剩想子光一閃而逝，小圓靶上方顯示出不同於時間的另一個數字。標靶附設的重量計，會顯示加重系基礎單一魔法對標靶造成的最大壓力。至於最重要的魔法發動時間，則是在重量計測量到壓力超過標準時進行記錄。

「一〇一〇ｍｓ。

艾莉卡，一下子就縮短四十了！

真的只差一點點了！」

「很…很好！

我莫名有幹勁了！」

「一〇一六。

雷歐，別遲疑，既然已經知道標靶位置，就不用每次都以肉眼確認。」

「明…明白了。

好，下次一定要過！」

達也與美月將測量儀器歸零的時候，艾莉卡與雷歐在旁邊閉上眼睛、轉動手臂，以自己的方式集中精神、增加鬥志。

在這個時候，達也身後傳來一個有些客氣的聲音。

「哥哥，方便打擾嗎……？」

達也不用回頭就知道，聲音來自於自己的妹妹。

腳步聲並不是只有一人，使得艾莉卡轉過身去。

「深雪，以及……記得是光井同學和北山同學？」

「艾莉卡，別分心。

抱歉深雪，再一次就結束了，稍等一下。」

「呃？」

「明白了。哥哥，不好意思。」

達也轉身道歉，深雪則是露出微笑，簡單回禮致意。

不經意壓在身上的壓力，使得雷歐表情抽搐。

深雪向身後的兩人致意，一同迴避到門後。

達也見狀微微點頭。

「好，兩位，這次要過關啊。」

「好！」

音量沒有增加，語氣卻是不容反駁。

「嗯！這次就會過關！」

兩人充滿幹勁地面對ＣＡＤ觸控板。

「終於結束了～」

艾莉卡的歡呼，成為宣告課題結束的鐘聲。

「呼……Danke（註：德文的「謝謝」），達也。」

達也舉起單手回應雷歐的道謝，出聲招呼深雪。

深雪面帶笑容走了過來。

她的兩名同學——光井穗香與北山雫，也以客氣的笑容一同前來。

「兩位都辛苦了。

哥哥，我依照您的吩咐買來了……可是這樣不夠吧？」

深雪慰勞著艾莉卡與雷歐並如此詢問，達也朝她搖了搖頭。

「不會，畢竟沒什麼時間了，這樣的份量應該剛好。深雪，辛苦妳了。也謝謝光井同學與北山同學，抱歉勞煩兩位幫忙。」

雖然已經是見面就會打招呼問候的交情，但終究是透過深雪認識的，所以對於達也來說，她們兩人還不到朋友的程度，語氣難免有些惶恐。

「不，這種程度的事情算不了什麼！」

「放心，我雖然看起來這樣，但力氣很大。」

穗香的回應認真得出乎預料，雫的回應則是難以判斷她在開玩笑還是當真。達也再度向兩人道謝，從深雪她們三人手中接過塑膠袋。

「拿去吧。」

並且就這麼把袋子遞給艾莉卡與雷歐。

「什麼東西？」

「三明治……嗎？」

袋子裡是福利社販賣的三明治與飲料。

「要是到餐廳吃，可能會趕不上下午的課。」

達也如此說著，從深雪手中接過便當盒。

「謝謝～我肚子餓扁了！」

「達也，你太棒了！」

達也向這兩個勢利眼朋友露出苦笑，坐在旁邊的椅子上，並且招呼美月不用客氣。

「……不過沒關係嗎？實習教室禁止飲食吧？」

「只有設置情報終端裝置的區域禁止飲食。

校規沒有明文禁止在教室飲食。」

「咦，是這樣嗎？」

「就是這樣。我是仔細看過校規內容才發現的就是了。原本我也認定教室禁止飲食，所以有點意外。」

達也拿起筷子悠然回應，「既然這樣……」美月也伸手拿起三明治。

「是喔……既然知道是這樣，那我就不客氣了。」

雷歐打開三明治一口咬下。

「你從一開始就沒客氣過吧？」

艾莉卡如此吐槽，並且以意外文雅的動作享用三明治。

進行延長課程的達也等人，和樂融融圍桌而坐……更正，沒有桌子所以是各自找椅子坐，開始享用遲來的午餐。

幫忙買午餐的深雪她們，也拿著飲料一同加入。

「深雪同學，妳們吃過了嗎？」

「是的，哥哥吩咐我先吃。」

聽到美月貼心的詢問，深雪如此回答。

「是喔，挺意外的。我以為深雪會說『我沒辦法比哥哥先用餐』這種話。」

艾莉卡露出甜笑，應該說露出奸笑如此調侃。

看她的表情就知道沒有當真，場中聽到這番話的人也沒有當真。

——唯有一個人除外。

「哎呀，艾莉卡，沒想到妳這麼清楚。

平常當然是這樣沒錯，不過今天有哥哥的命令。

我不會為了自己一廂情願的客氣想法，違背哥哥的意思。」

「……平常真的是這樣啊……」

「是的。」

「……而且是『當然』啊……？」

「是的，沒錯。」

艾莉卡的笑容變得有點抽搐，深雪則是一副正經露出納悶的表情。

就像是要驅散這股莫名變得沉重的氣氛，美月以高得不自然的音調開口了。

「深雪同學，你們班也開始上實習課了吧？是什麼樣的內容？」

穗香與雫轉頭相視。

臉上是有所顧慮加尷尬的表情。

深雪無視於同學這樣的態度，一點都不賣關子，嘴唇離開吸管就立刻回答。

「我想，應該和美月與各位上課的內容一樣。被迫使用遲鈍的機械，進行只會在考試時派上用場的無聊練習。」

除了達也以外的五人露出驚訝的表情。

毫不客氣的辛辣言辭，與她宛如淑女典範的外表完全不符。

「看來妳心情不太好。」

「當然會不好。我自己練習都比那種課程有用。」

哥哥笑著以調侃的語氣這麼說，深雪則是以鬧彆扭的表情與聲音，加上旁人感覺得到有些撒嬌的態度如此回答。

「這樣啊……看來按部就班的教學方式，並不一定適合每一個人。」

「我承認自己受到上天的眷顧。如果剛才的言論影響您的心情，請容我致歉。」

「不，我完全沒有受到影響。」

深雪以嚴肅的表情低下頭，艾莉卡則是輕輕搖手致意。

「有潛力的學生就用心栽培，這是天經地義的事情，就像我家的道場也會把沒潛力的傢伙扔著不管。」

「艾莉卡家是道場？」

「只是副業，傳授古流派的劍法。」

「啊，所以才……」

美月露出認同的表情點頭。

大概是回想起艾莉卡以伸縮警棍打掉森崎ＣＡＤ的那件事。

「千葉同學覺得……這是理所當然的事情？」

此時，穗香戰戰兢兢如此詢問。

「叫我艾莉卡就好。不對，應該說給我這麼叫。」

「妳為什麼老是把架子擺這麼高……」

雷歐無可奈何的這聲吐槽，對於穗香來說剛好成為「緩衝」。

「那麼艾莉卡，妳也叫我穗香就好。」

「ＯＫＯＫ。」

所以妳問的『理所當然的事情』，是一科生有指導老師，二科生卻沒有的這件事？」

「……是的，就是這件事。」

穗香有些猶豫點了點頭。

「既然這樣，就是理所當然了。」

艾莉卡毫不猶豫點了點頭。

「因為理所當然，所以深雪與穗香不需要覺得愧疚。」

「……妳真是出乎意料地放得下。」

聽到艾莉卡毫不在乎如此斷言，雷歐做出反應。

「咦？雷歐同學，難道你心有不滿？」

「不，我也覺得這是無可奈何的事情……」

雷歐說得口齒不清，不像他平常的個性。

「這樣啊～

但我不是當成『無可奈何』，而是『理所當然』。」

相對的，艾莉卡口齒清晰、甚至可說是爽朗地如此斷言。

「……方便我問原因嗎？」

穗香的詢問，使得艾莉卡微微歪過腦袋。

像是在整理思緒般沉默片刻之後，艾莉卡以食指抓抓太陽穴開口回應。

「唔～……我至今都把這件事當成理所當然，所以好難說明……

比方說，我家道場的門徒，至少前半年都學不到任何招式。」

「喔？」

達也深感興趣地點了點頭。

穗香、雫與美月，則是頭上浮現一個問號。

「一開始只會教步法與空揮，而且師父只會示範一次，之後就是看他們反覆練空揮。一段時間之後，再從空揮動作及格的人開始傳授招式。」

「……這樣的話，不就有徒弟永遠都沒辦法進步嗎……？」

「確實有這樣的人喔～」

聽到穗香的疑問，艾莉卡頻頻點頭。

「而且就只有這種傢伙，不肯正視自己努力不足的事實。首先必須讓身體習慣揮劍的動作，否則傳授任何招式都不可能學得好。」

「啊……」

美月輕呼一聲。

艾莉卡只是朝她一瞥就繼續說下去。

「而且要習慣揮劍動作，就只能自己不斷練習空揮。方法必須自己用眼睛學。因為周圍有非常多的範本。只是被動等待別人來教的傢伙，完全不列入考慮。認為一開始就應該有人來帶的想法，也是過於天真。師父與代理師父，都還是修行之身。他們也有自己的修行要完成。無法吸收教導內容的傢伙居然妄想要別人教，根本是癡人說夢話。」

艾莉卡不由得激動起來口出惡言，達也深感興趣看著這樣的她。

「……雖然我覺得這番主張很中肯，但我和妳直到剛才都在接受達也指導吧……？」

「好痛！

你這樣說會害我很難受～」

雷歐的指摘令艾莉卡蹙眉，但她依然不改自己毫不在乎的語氣。

「這是兩回事，雖然在某些狀況確實是逼不得已……但我覺得，受教的人必須達到足以受教的水準，否則對教學雙方都是一種不幸。

不過最不幸的狀況，就是老師跟不上學生的水準吧。」

艾莉卡在這時候，使了一個另有含意的眼色。

達也咧嘴回以一個壞心眼的笑容。

「很遺憾，今天是以不幸的結果收場。

依照最終記錄，艾莉卡的速度比我快了一百ｍｓ。」

一滴冷汗從艾莉卡的太陽穴流下。

「啊，沒有啦，我不是這個意思……

話…話說回來，我還沒問剛才祕訣的真相！

嗳，為什麼只是把雙手重疊，就能讓成績進步那麼多？」

強行變更話題。

在場所有人都知道艾莉卡想要轉移話題，但要是過於追究剛才的話題，有可能在後來留下芥蒂，所以達也決定乖乖依她的意思轉移話題。

「沒什麼，真相很單純，因為艾莉卡習慣使用單手握的ＣＡＤ。」

達也才剛開始公開真相，要求說明的當事人艾莉卡，卻發出「咦？」一聲打斷話題。

艾莉卡臉上寫著：「為什麼你知道這種事？」不過就達也的角度，這是看一次就理所當然會明白的事情。從她與森崎對峙時展現的身手以及ＣＡＤ的形狀，就可以輕易推測她使用ＣＡＤ的習慣。達也無視於艾莉卡有些誇張的反應，繼續公開真相。

「因此我只是認為，要把雙手放在觸控板使用的教學ＣＡＤ，妳或許用不順手。」

「所以才讓艾莉卡雙手重疊，只以單手為接點啊……」

美月點頭發出感嘆，不過露出這種表情的人，並不是只有她而已。

「其實也能只放一隻手，但我覺得雙手重疊或許會更有幹勁。總歸就是心情問題。」

「……原來如此，我就這樣上了達也同學的當。」

艾莉卡發出空虛的笑聲。

她脫力的模樣很有喜感，大家都忍不住跟著笑了。

「總覺得幹勁都沒了……」

對了，Ａ班上課也是用同種類的ＣＡＤ吧？」

「是的。」

點頭的深雪，並沒有掩飾自己對初級課程的厭惡感，激發起艾莉卡的好奇心。

「嗳，可以示範一次，讓我參考妳的時間嗎？」

「咦，我嗎？」

深雪睜大眼睛指著自己，艾莉卡則是刻意大幅點了點頭。

深雪以目光徵詢達也的意見。

「無妨吧？」

哥哥露出苦笑點了點頭。

「既然哥哥這麼說……」

深雪看到哥哥如此表示，即使有些猶豫還是答應了。

最靠近機械的美月，協助將測量儀器歸零。

深雪就像是準備彈鋼琴，將手指放在觸控板。

開始測量。

過剩想子光一閃而逝。

美月表情緊繃。

艾莉卡或許是看到好友美月遲遲沒有開口，著急催促她公布成績。

「……二三五ｍｓ……」

「啊……？」

「好厲害……」

臉部肌肉僵硬的症狀，逐漸傳染給在場眾人。

「這數值聽幾次都好誇張……」

「深雪的處理能力，接近人類反應速度的極限。」

A班學生同樣發出嘆息。

只有她的哥哥不為所動。

當事人則是不滿蹙眉。

「深雪，舊型的教學機種就只能這樣了，這是在所難免的。」

「居然得接收這種滿是雜訊、毫無洗鍊可言的啟動式，真的好討厭。」

深雪還是得使用哥哥為我調整的ＣＡＤ才能發揮實力。」

「別這麼說。過陣子我請會長或是委員長向校方溝通，為機器換好一點的軟體。」

深雪像是鬧彆扭又像是撒嬌般依偎到達也身邊過來。達也則是溫柔撫摸她的頭，就像是安撫年幼的孩子。

即使看到這幅光景，也沒有一如往常受到他人消遣。

擺在眼前的實力，以及兄妹之間的對話。

在這樣的差距面前，嫉妒只是一種愚蠢透頂的情感。

◇　◇　◇

現在是放學後，達也心不在焉看著咖啡廳裡來來往往的學生們。

或許因為大多是新生，室內洋溢著生澀的氣氛。

依照摩利的說法，新生剛入學的這段時間，是校內咖啡廳生意最好的時候。

學生們逐漸適應生活之後，會在社辦、中庭或空教室等找到打發時間的地方，所以就很少會上門光顧了。

不過這間店並不是為了營利而開，所以客人變少應該也不成問題。

桌上的咖啡已經涼掉了。

與前幾天相比，這次的立場相反，模式也相反。

只有一個部分與當時相同，這次同樣是對方主動邀約。

達也正在等待紗耶香赴約，目的是要聽那項「作業」的答案。

雖然緊迫盯人的監視視線令達也感到煩躁，但他沒有特別採取什麼行動。無論對方隱藏得多麼巧妙，只要自己有那個心，肯定能找到這個暗中監視的人，達也對此抱持著自信。但即使在露天咖啡廳逮到犯人，對方顯然會裝蒜到底，所以達也沒有貿然展現真正的實力，而是假裝沒察覺靜心等人，這才是明智之舉。

約定時間的十五分鐘後——

她終於現身了。

「抱歉！等很久了吧？」

「沒關係，我有收到通知。」

達也並不是在逞強。

他的終端裝置，確實有收到紗耶香大約會遲到十分鐘左右的訊息。

只不過，訊息是在約定時間的五分鐘前收到，已經來不及變更預定行程了。但是達也很有耐心，一二十分鐘的時間不算是等待。

「這樣啊，太好了……」

我還想說要是你氣得先回去該怎麼辦才好。」

紗耶香誇張做出鬆一口氣的動作。

看來她今天也是「可愛女孩」的模式。

負責指導她演技的人，到底以為達也喜歡什麼樣的對象？達也對此感到納悶。

「怎麼了？」

詫異的聲音。

看來納悶的想法顯露在外了。

「不是什麼大不了的事情。學姊偶爾會變成『可愛的女孩』，我覺得與握劍的時候相比，有著很大的差距。」

「討厭……真是的，別逗我啦。」

紗耶香頗為慌張地移開目光。

這是她率直的反應？還是做作的舉動？

達也無法判別。

很遺憾，這次的試探以失敗收場。

「對不起。」

達也面帶笑容道歉。

這是他的演技。

不過達也沒什麼自信。

「真是的……司波學弟，你的本性是搭訕師嗎？」

「以目前來說，還不算是魔法師。」

達也喝一口涼透的咖啡，緩緩轉身向後。並不是要從紗耶香身上移開目光，而是看向盆栽後方若隱若現的人影。

「渡邊學姊……」

慢了達也一拍，紗耶香也察覺那個人影了。但她的細語聲太小，沒有傳到對方耳中。

「嗨，達也學弟。」

主動搭話的是摩利，不過很明顯是因為被達也以眼神質疑。若達也沒有以這麼明顯的動作看過來，她應該會佯裝不知情，當成自己只是剛好經過——不然她不會刻意消除氣息。

「我可沒有蹺班。」

聽到達也這句話，摩利露出苦笑回應。達也的意思是「我今天沒班」，但是很難判斷他究竟是在開玩笑還是鬧情緒。

「我並不是以委員長的身分前來訓誡，單純是湊巧經過這裡。」

但因為達也這麼說，使得摩利的出現不再有突兀感，這是事實。能夠立刻順水推舟的摩利也可說是很有本事。

「抱歉打擾到你了。壬生也是，抱歉。」

「不，沒那回事……」

紗耶香回應摩利的聲音與表情都有點生硬，是因為學姊主動搭話而緊張？還是基於對風紀委員會的反感？

在達也眼中，似乎兩者皆非。

摩利離開時，紗耶香看向她背影的有力目光，進一步強化這種印象。

「關於前天那件事……」

摩利離開咖啡廳之後，由紗耶香提出正題。

至於達也，是因為在思考「之前是妳拜託我的吧……」或是「沒想到會專程過來觀察……」或是「暗中監視的另有他人？」這些事，所以沒有搶得開口的先機。

「剛開始，我覺得只要將我們的想法傳達給校方就好。」

她的手臂顫抖了一下，或許是在桌子底下握緊拳頭。

「不過我明白了，光是這樣還是不行。

我希望我們能夠向校方要求改善待遇。」

她這次挺積極的——達也抱持著這樣的印象。

不知道是當真想這麼做，還是為了拉攏達也而信口開河。

如果是後者，只會造成反效果。

「學姊所謂的改善，具體來說是想改善什麼？」

「就是……我們受到的整體待遇。」

「所謂的整體，例如說課程內容？」

「……這也包含在內。」

「一科與二科主要差異在於指導老師的有無。也就是說，學姊希望校方增聘老師？」

這是不可能的事情。

之所以會設立國立學校，就是因為缺乏能夠使用實用等級魔法的成年人。

二科制度也是為了確保魔法師與魔工技師的供給，某方面而言是硬著頭皮進行的政策。

「並沒有要求到這種程度……」

正如預料，對方以含糊的口吻予以否定。

「那麼，是關於社團活動嗎？

劍道社使用體育館的時間，記得與劍術社沒有差別才對。」

依照達也昨天的調查，意外發現分配給劍道社與劍術社的體育館使用日期平等。

「還是預算的問題？

相較於普通社團，魔法競賽類型的社團，確實分得到更多的預算，不過這種按照社團活動績效分配預算的做法，我覺得在普通科高中也很常見。」

「這……或許如此吧……」

那麼，司波學弟沒有感到不滿嗎？

除了魔法實技，你無論在魔法理論、普通科目、體能與實戰身手，各方面都凌駕於一科生，卻只因為實技成績不好就被鄙視成雜草，你完全不會心有不甘嗎？」

紗耶香越說越激動的模樣，使得達也隱約感到煩躁。

達也的不滿與遺憾，與她自己的想法完全無關。

既然想要改變現狀的是她，為什麼不說她自己的想法？

「當然有所不滿。」

所以他開口述說。

「那麼！」

「但是，我並沒有特別希望校方改變現在做法的地方。」

說出他自己的想法。

「啊？」

「我不期待這所學校能夠以教育機構的立場做到多少事情。」

雖然只是極小部分，卻毋庸置疑是真心話。

「只要學校讓我擁有權限，能夠閱覽魔法大學相關單位才能閱覽的非公開文獻，並且讓我得到魔法科高中的畢業證書，我就別無所求。」

達也像是連自己都要棄之不顧的這番話，使得紗耶香的表情僵硬。

「我更不會把同學使用校方禁句中傷他人的幼稚行徑，怪罪到校方頭上。」

這番話乍聽之下，像是在批判一科生將二科生鄙視為「雜草」的菁英心態，其實卻是在指責己方想把不如意的現狀怪罪到某些人身上的懦弱作風。紗耶香有著這樣的感覺。

「很遺憾，我似乎無法與學姊抱持相同的主義與主張。」

達也說完就起身離席。

「等一下……等一下！」

達也轉身一看，紗耶香就這樣坐在原位——或許是想站也站不起來——臉色蒼白，以哀求的視線抬頭看過來。

絕對不是狠瞪，是真摯又拚命的眼神。

「為什麼……能夠看開到這種程度？

司波學弟，你的內心支柱究竟是什麼？」

「我想要成功打造重力控制型熱核融合反應爐。

我鑽研魔法學，只是用來達到這個目標的手段。」

紗耶香臉上的所有表情消失了。

大概是聽不懂達也這番話吧。

「打造重力控制型熱核融合反應爐」，與「開發泛用飛行魔法」、「製作慣性無限增幅的疑似永動機關」，被世人合稱為「加重系魔法的三大技術難題」。二科生以這種主題當成將來的目標也實在是太浩大了。

達也並不是想讓紗耶香理解才說出這番話。

他不再理會紗耶香，再度轉過身去。

◇◇◇

風平浪靜經過了一個星期。

執行風紀委員會的巡邏任務時，也不像招生週那樣遭受類似暗算的襲擊，正如美月的預言（？）一樣，大致處於和平狀態。

達也總算得以享受平穩的高中生活——看似如此。

然而，這終究只是短暫的和平。

本日課程結束，現在剛進入放學時間。

要參加社團活動的學生到置物櫃拿衣物包包，帶著平板電腦或筆記本的學生拿起掛在桌旁的書包，兩者皆非的學生則是一派輕鬆。就在眾人各自進行放學準備的這個時候……

「全校各位同學！」

擴音器以幾乎要造成刺耳嗥鳴的音量，響起這個聲音。

「怎麼了，這到底是什麼狀況！」

「雷歐，你光是不講話就讓人很煩了，給我冷靜下來。」

「……我覺得艾莉卡也一樣冷靜下來比較好。」

不少學生為此驚慌失措。

「——剛才失禮了。全校各位同學！」

擴音器再度響起同一句話，這次的語氣有點尷尬。

「看來是音量設錯了。」

「慢著，現在肯定不是吐槽的時候。」

艾莉卡耳尖聽到達也這聲細語，並且立刻吐槽。

美月只有心想「艾莉卡也是」，並沒有真的說出口。

「我們是以廢除校內差別待遇為目標的有志者同盟。」

「有志者啊……」

聽到擴音器傳出氣勢十足的男學生聲音，達也如此輕聲嘲諷。依照上週在咖啡廳的對話，這次的非法廣播，應該是紗耶香所說「要求改善待遇」的行動。不過，構成政治團體的成員自發性成為「有志之士」的事例，究竟在至今的歷史出現過多少次？達也不禁思考起這種問題。

「我們要求與學生會暨社團聯盟，站在對等的立場進行談判。」

「噯，達也同學，你不用過去嗎？」

艾莉卡應該沒有聽到達也剛才絕非善意的細語，卻以有所期待的語氣，詢問坐在原位看向擴音器的達也。

「也對。」

達也不會說艾莉卡的態度有失體統，因為她問得很中肯。

「對方肯定是非法占用廣播室。委員會應該會下令出動。」

達也這麼說的同時收到一封郵件。郵件並不是傳到固定式的情報終端裝置，而是傳到他制服內袋的行動終端裝置。

「喔，剛說就來了。那我過去一趟。」

「啊，好的，請小心。」

達也離席時，後方傳來的美月聲音有些不安。達也忽然有些在意，轉頭環視教室內狀況。雖然班上同學有人坐著有人起身，卻幾乎沒有人打算離開教室。像艾莉卡這樣看好戲，或是像雷歐這樣展露好奇心的學生不多，班上大部分的同學面露不安，猶豫是否可以逕自離開。

◇◇◇

「啊，哥哥。」

「深雪，妳也收到命令？」

「是的，會長吩咐我到廣播室前面集合。」

達也在路上與深雪會合，一同前往廣播室。

然而行走速度沒有很快。

「這是Blanche做的？」

「沒辦法確認組織身分，但肯定是那方面的傢伙幹的好事。」

兩人如此交談，一同抵達廣播室門前。

摩利、克人、鈴音及風紀委員會與社團聯盟的執行部隊，已集結在廣播室門口了。

「太慢了。」

「不好意思。」

對於摩利表面的斥責，達也進行表面上的謝罪，隨即開始確認現狀。

廣播已經不再進行，應該是因為強制斷電了。

眾人還沒有進入室內，應該是因為門已經鎖死了。

看來是死守室內的滋事分子使用某種方式，取得了包含萬能鑰匙在內的所有鑰匙。

「很明顯是犯罪行為吧？」

依照對方想以目的將手段正當化的做法，這些人似乎是典型的「激進行動派」。

「正是如此。

所以我們也應該慎重應對，避免他們更加失控。」

達也剛才的問句完全是自言自語，不過聽在鈴音耳中似乎並非如此。

「就算我們這邊慎重行事，也很難期待對方會變得乖乖聽話。

即使採取比較強硬的手段，也應該試著盡快解決。」

摩利立刻插嘴表達意見。

看來因為方針對立，使得狀況陷入膠著了。

在處理突發事件的時候，這是最為拙劣的狀態。

「請問十文字總長有什麼看法？」

達也的詢問，使克人回以一個倍感意外的視線。

如此詢問時，達也自己也覺得這麼做可能太放肆，但他認為總比狀況繼續膠著要好。

這應該代表他還不夠成熟穩重。

何況現在也不是要求穩重的場面。

「我認為可以回應他們的要求進行談判。

他們的主張本來就只是藉口找碴，徹底駁斥他們的論點，也可以斷絕後顧之憂。」

「那麼您的意思是現在要繼續按兵不動？」

「這方面我遲遲無法下決定。

雖然不應該放任這種非法行為，但也沒有嚴重到不惜破壞學校設施盡快解決。

我有詢問校方能不能從警備管制系統解鎖，但校方拒絕回應。」

所以他不希望以強硬手腕解決。

總歸來說，克人的立場與鈴音相近。

那就不得不繼續等待了。

達也行禮致意不再追問，此時摩利的不滿視線刺了過來。

並不是摩利的視線刺得達也被迫採取行動，但他從制服內袋取出了行動終端裝置，並且開啟通話模式。

雖然只能繼續等待，但若只是枯等，達也就不會問那種像是愛出風頭的問題了。

電話在響鈴五聲之後接通。

「壬生學姊嗎？我是司波。」

周圍多了好幾道驚愕的視線。

「……所以學姊人在哪裡？」

凝視達也打量的視線又增加了。

「這樣啊，在廣播室嗎，這就……抱歉了。」

達也忽然在這時蹙眉，大概是對方大聲回話，來不及調整音量。

但他使用的是幾乎能完美防止漏音的耳道式耳機，所以只能推測。

「不，我不是瞧不起學姊。

學姊應該更冷靜處理這個狀況……是，對不起。

那麼，接下來我想進入正題。」

摩利、鈴音與另外數人豎耳聆聽。

他們當然知道聽不到對方的聲音，這麼做是為了聽清楚達也接下來要說的話。

「十文字總長願意談判。

學生會長那邊，我還沒確定她的意思……更正，學生會長也一樣。」

看到鈴音的手勢，達也立刻改口。

「所以我想和學姊討論談判的時間地點與形式……是的，立刻討論，避免校方從中作梗……

不，學姊的自由會受到保障。我們不是警察，沒有權限收押學姊……再見。」

達也取下通話元件，與終端裝置一起收好之後，重新轉身面向摩利。

「她說會立刻出來。」

「剛才通話的對象是壬生紗耶香？」

「是的，沒錯。之前為了約時間見面，學姊有告訴我手機號碼，沒想到居然在意外的地方派上用場了呢。」

達也身後的深雪微微低下頭。雖然動作沒有大到令人感覺不自然，但如果是達也肯定立刻會知道，妹妹這個動作是要以長髮遮住不悅的表情。

「你手腳還真快……」

「這是誤會。」

達也分神回應摩利這句調侃，所以沒有察覺深雪的反應，不知道對他來說是幸或不幸。至少深雪不會粗魯地當場揪起達也的背，是一名有分寸的少女。

「不提這個，我認為現在應該做好準備。」

達也沒有轉身向後（看向深雪），而是催促摩利、鈴音與克人採取下一步行動。

「準備？」

摩利露出「你在說什麼？」的表情看向達也。

達也露出「您在問什麼？」的無奈表情看向摩利。

「就是準備逮捕裡面的人。」

對方連鑰匙都偷了，應該有帶CAD進去，此外或許還有攜行武器。」

「……記得沒錯的話，你剛才好像有提到保障自由之類的事情。」

「我只有保障壬生學姊一個人的自由。

何況我完全沒說我是代表風紀委員會進行談判。」

不只是摩利，鈴音甚至克人都露出驚訝愣住的表情。

在場唯一的例外，輕聲責備著達也。

「哥哥真壞。」

「深雪，現在強調這種事也太遲了吧？」

「呵呵，說得也是。」

但是這聲責備伴隨著開心的語氣。

「不過哥哥，關於您特地將壬生學姊的手機號碼儲存在終端裝置的事情，這可不是過去式，事後請您詳細給個交代喔。」

於是深雪滿臉笑容，以更加開心的語氣如此補充。

◇　◇　◇

「這是怎麼回事！」

該說正如預料還是理所當然，達也遭受紗耶香的逼問。

占據廣播室的人，包含她在內共有五人。

如同達也的推測，他們都帶著ＣＡＤ，不過沒有攜帶其他刀槍類的武器。

就達也看來，他們絲毫沒有抱持覺悟，但是不覺得自己在做壞事，所以或許是因為如此，難免做得不夠徹底。

紗耶香以外的四人已經被風紀委員逮捕，不過紗耶香只有ＣＡＤ被沒收。

這是摩利顧慮到達也名譽的安排。

不過達也自己也認為不需要遵守口頭約定。

紗耶香將手伸向達也胸前，卻被達也抓住手腕。

達也輕鬆制住紗耶香想抓衣領的手，面無表情看著激動的她。

「你騙了我們吧！」

紗耶香掙扎想讓雙手重獲自由，達也很快就鬆手了。

在紗耶香想要繼續逼問的時候，她身後傳來一個聲音。

「司波沒有騙妳。」

沉重有力的聲音，令紗耶香的身體顫抖了一下。

「十文字總長……」

「我會聽你們解釋，也願意進行談判。不過，聆聽你們的要求與認同你們的手段是兩回事。」

紗耶香的態度不再咄咄逼人。

掌管所有課外活動的克人，以魄力吞噬紗耶香的怒火。

「話是這麼說沒錯，不過可以放過他們嗎？」

然而這個時候，一個嬌小的身影隨著這句話，來到達也與紗耶香之間。身影背對著達也，看起來像是在保護他。

「七草？」

「可是，真由美……」

克人發出疑惑的聲音。

摩利意圖反駁。

然而真由美在她還沒開口之前就打斷。

「摩利，我自認知道妳想講什麼。不過如果只有壬生學妹一個人，連談判方式都沒辦法討論吧？何況他們都是本校的學生，想逃也逃不掉。」

「我們不會逃！」

聽到真由美這番話，紗耶香反射性地回嘴。

但真由美沒有直接對紗耶香這句話做出反應。

「我已經和庶務主任談過了。

關於盜用鑰匙與擅自使用廣播設備的處置，由學生會全權負責。」

真由美隨口說明自己遲到的原因，以及對方現在的立場。

即使如此，紗耶香他們依然毫不膽怯，先不提事情的對錯，達也認為他們膽量可嘉。

「壬生學妹，關於你們與學生會的談判方式，接著我想開會討論，方便跟我來嗎？」

「……好的，我不介意。」

「十文字同學，我先告辭囉。」

「明白了。」

「摩利，對不起，總覺得好像搶了妳的功勞，我有點過意不去。」

「心情上難免有這種感覺，不過實際上立下這種功勞也沒有好處。

妳不用在意。」

「說得也是。

那麼達也學弟，深雪學妹，兩位今天可以先回去了。」

「……會長，那我們告辭了。」

意外的進展，使得司波兄妹遲疑片刻。

先恢復正常的是深雪。

妹妹鄭重行禮致意之後，達也同樣默默行禮致意，並且離開現場。

隔天，達也與深雪比平常更早離開家門。

不是為了提早到校，而是為了提早到車站。

幸好不需要等待太久。

「會長早安。」

真由美即使只以女性為基準也很嬌小，卻不會被埋沒在人群裡。達也很快就能找到她格外明顯的身影。

「達也學弟？深雪學妹也在，兩位怎麼了？」

雖然是理所當然，不過真由美似乎沒有預料到兩人會在車站等她，所以沒有餘力擺出平常半開玩笑的態度，而是做出毫不做作的平凡反應。

不過今天早上並不是為了嚇真由美而來。達也沒有額外作弄她，立刻進入正題。

「我很在意昨天的事情。後來您與壬生學姊他們討論的結果，方便告訴我嗎？」

聽到達也的要求，真由美一副頗感意外的樣子，微微睜大眼睛。

「真意外。」

不只是表情，話語也如此呈現。

「達也學弟明明不像是會追究他人事情的類型……」

「如果可以置身事外當然好，但是應該沒辦法吧。」

「原來如此。」

不過真由美聽過達也的回答之後，就點頭表示認同。達也已經與這個「有志者同盟」的活動扯上不少關係。即使他想要置身事外，對方應該也不會放過他。真由美認為達也確實有權知道後續進展——但即使並非如此，真由美也預定在今天一大早就公布。

「他們的要求是一科生與二科生的平等待遇，不過似乎沒有思考具體的做法，反倒是要求學生會擬定具體做法。

總之，就像這樣爭執不下了。昨天本來就只是要討論後續的談判方式，最後的決議是明天放學之後，要在講堂舉辦公開討論會。」

「進展得真快……」

達也的驚訝程度可以說沒有很強烈。就他看來是「終於出這招了」的感覺，所以不會大感意外。達也本來就認為，把對方逼出來正面對決，即使會留下些許芥蒂，以結果來說依然是最快平息這個事件的方法。不過他的反應八成屬於極少數派，比方說深雪就因為事件進展快得超乎預料而瞠目結舌。

「應付這種游擊抗爭活動，不能給對方太寬裕的時間，我能夠理解這樣的戰略思想，不過相對的，我們這邊也沒有時間擬定對策。請問學生會要派哪些人參加討論會？」

聽到達也的詢問，真由美露出像是「你問得很好」的笑容，指著自己的臉蛋。

「……難道說，會長要獨自出馬？」

達也的語氣半信半疑，深雪則是已經完全啞口無言。

「雖然會讓範藏學弟一起上台，不過只由我負責發言。因為正如達也學弟所說，商討對策的時間不夠用。如果由我獨自應付，就不用擔心論點稍微矛盾就被挑出來大肆攻擊。我只怕對方操作印象進行感性訴求。」

「意思是說，您在理性的邏輯辯論未嘗敗績？」

聽到達也這麼說，真由美露出自信的表情點頭示意。

「而且……」

真由美繼續以輕快語氣說出的這番話，聽起來伴隨著某種期待。

「若他們的論據穩固到足以說服我，只要採納成為學校營運的方針之一就行了。」

這番話聽在達也耳中，就像是真由美反而希望對方能夠駁倒她。

◇◇◇

明天將舉辦一場前所未有的討論會。公布這個消息之後，同盟（源自「以廢除校內差別待遇為目標的有志者同盟」的簡稱）的活動一下子變得活絡。

雖然活動本身沒有洗鍊到稱得上是「多方布局」，不過上課前、休息時間以及放學後，校內各處都看得見同盟成員號召學生響應的身影。

他們都戴著紅藍線條外框的白色護腕，可能是已經不想隱瞞，也可能是他們不知道這個標誌的意義……達也認為是後者。只不過，達也無法同意「不知者無罪」這種想法。覺得責任並非伴隨理念，而是伴隨行為而來。

然而就算這麼說，達也並不想妨礙同盟的行動。在即將走上談判桌前盡量爭取支持者，這是理所當然的做法。即使同盟使用情緒性言辭，讓心理尚未成熟的高中生產生錯覺陷入無底沼澤，若當事人與達也無關，他就沒有出面干涉的打算（其實這種想法在各方面都不可取）。

反過來說，如果當事人與達也有關──既然達也就讀第一高中，照理來說全校學生應該都與他有關才對──達也就不容許同盟以謊言編織花言巧語。

「美月。」

討論會前一天的放學之後，右手戴著那種護腕，推測應該是三年級的一名學生，正在糾纏達也的同班同學，達也一看到就上前搭話。美月抱著一本像是畫冊的書，大概是從某處借用作為社團活動的參考資料吧。都到了這個時代，居然會使用尚未數位化的資料，這所學校的美術社似乎有不少人堅持傳統路線，不過這種事現在不重要。

「啊，達也同學。」

認出達也的美月，露出了鬆一口氣的表情。從她這副模樣來看，似乎已經被對方糾纏好一段時間了。

達也首先觀察這名高年級學生脖子以下的部位。身高很高，乍看之下雖然消瘦，其實是經過武術鍛鍊的身體。

他對這樣的體格有印象。

肯定是在社員招生週的混亂場面裡，以魔法偷襲達也就逃走的那名男學生。

「我是風紀委員會的司波。糾纏過久可能會視為騷擾行為，請適可而止。」

達也沒有向美月確認狀況，劈頭就直接對這名高年級學生這麼說。即使如此，達也並沒有質詢社員招生週的那件事。畢竟即使講出來，對方也不可能承認，而且如果對方坦承是在找碴，將會造成反效果。達也不經意就走到美月與高年級學生之間，並且與對方正面對峙。

對方的左胸沒有徽章。

臉上戴著小型方框眼鏡，不像是純粹裝飾用的眼鏡。

「明白了，我就先撤退了。

柴田學妹，什麼時候都好，只要改變心意就隨時對我說一聲吧。」

這名高年級學生以極為紳士的態度（但不是彬彬有禮，而是風流倜儻的紳士）收手了。在對方背影從走廊移動到階梯消失之後，達也向美月詢問事情的經緯。

「那位學長是劍道社主將，名字是司甲。

……學長和我一樣罹患『靈子放射光過敏症』。有一個團體是受到相同過敏症狀所苦的學生組成的，他問我要不要參加。」

美月主動表明「眼睛」祕密的舉動出乎達也預料。不過達也早就確定她罹患靈子放射光過敏症，所以並沒有相當驚訝。

「所以說，他希望和妳分擔相同的煩惱？」

「不是，司學長加入那團體後，症狀似乎大幅改善，他說這麼做也是為我好……」

「這還真是……」

有夠可疑的事情——達也沒有把整句話講完。

達也知道不用明講，美月也有相同的感受。

要避免魔法知覺過於敏銳造成的弊害，唯一方法就是控制這種知覺能力。如果想控制這種能力，最快的方式就是接受正確的訓練。

即使沒有教師親自指導，學校規畫的課程也是最接近「正確訓練」的做法，很難想像學生自行組成的團體能提供更有效的訓練課程。如果該團體有指導老師就另當別論，不過校方原本就是因為老師人數不足，才會將學生分成一科與二科。

「我以『光上課就沒有餘力』為理由拒絕過很多次。」

「也對。不要貪心，按部就班慢慢學習就可以了。」

對於達也這種老生常談的建議，美月點頭回答「說得也是」，然後前往社辦。

與美月走不同方向的達也開始思考。剛才看到美月被對方搭話，應該只是巧合。然而除此之外的事情很難解釋為巧合。所謂的學生團體只是藉口，或者是「誘餌」，對方的真正目的，肯定是拉攏美月加入他們。同盟在正式展開活動之前，那個三年級學生就採取強硬手段襲擊達也，由此來看，那個三年級學生是真正的成員。至少不是咬餌的一方，是放餌的一方。

（劍道社主將司甲嗎……）

有必要詳細調查那名三年級學生的底細——達也如此下定決心。

◇　◇　◇

用完晚餐後，平常應該是沖洗一天汗水與汙垢的時間，達也卻騎著剛買的電動機車。

目的地是八雲的寺廟。

之所以不是靠自己的雙腳跑，是因為現在並非凌晨或深夜，路上有車輛與行人來往。沒有正當理由就使用魔法，是觸犯刑事法規的犯罪行為，即使未成年依然免不了受到實質處分。

那麼騎機車就不違法嗎？並不違法。依照西元二〇九五年現行的道路交通法，考機車駕照的先決條件是「國中畢業」。不是以年齡為標準，必須完成國民義務教育才有資格考駕照。

一雙纖細卻絲毫沒有骨感稜角的手臂摟著達也腰部，妹妹的酥胸也按在他的背上。雖然無疑還處於發育期，但絕對不是隱約或不太明顯的起伏。以剛滿十五歲（深雪是三月出生）的年紀來說，至少一定高於平均水準。

即使如此，達也的心臟也沒有激烈跳動。對方是親妹妹，所以這也理所當然（？）。

何況路程頂多只有十分鐘左右，兩人身心都未發生悖德反應，抵達了八雲的寺廟。

並沒有遭遇門徒們的粗魯款待。這次造訪不是為了修行，而且已經打電話預先約好時間。不過當然也沒有受到隆重款待，兩人就這樣穿過熟悉的環境前往僧房（僧侶的居所）。

八雲的僧房沿襲二十世紀前半的平房民宅建築樣式，或許真的是那個時代的建築，但達也與深雪未曾確認。

周圍完全沒有電燈的原因，推測應該不只是因為建築老舊，而是故意的。

不只是室外沒有照明，建築物內部也沒有透出光線。雲層密布的夜空無星無月，高聳的圍牆擋住街上的燈火，使得境內幾乎伸手不見五指。

現在應該還不到就寢時間，難道僧侶這麼早睡？至少達也沒聽說過忍者會早睡早起，而且也無法想像這種光景。何況已經預先約定時間來訪，所以應該不可能完全沒人醒著。

深雪輕輕朝著達也手臂伸出手。她握住達也袖口的力道沒有很強，手也沒有顫抖。但即使如此，深雪的夜視能力沒有達也那麼好，不難想像黑暗會激發她原始本能的不安——反正即使一隻手被抓住，一旦真的有狀況，達也只要使用與生俱來的魔法即可，所以就隨妹妹高興了。

境內不算狹小，但也稱不上寬敞，兩人很快就抵達僧房的玄關。門口別說視訊對講機，連門鈴都沒有——這絕對是故意的——達也想要打開玄關拉門告知來訪。然而，在他碰到拉門把手的同時……

「達也，我在這裡。」

完全沒有他人氣息的緣廊，傳來呼喚達也的聲音。

達也袖子被抓住的手臂傳來一記顫抖。達也無可奈何得連苦笑都露不出來。因為他覺得八雲都已經老大不小了，居然還會像小孩子一樣躲在暗處忽然發出聲音嚇人取樂。

只不過，如果不是深雪被嚇到，達也應該是毫無反應。以這種意義來說，八雲的企圖算是達成了一部分——不過前提在於他這麼做真的有所「企圖」。

老實說，達也很想掉頭就走，不過今晚是有事專程前來，因此達也嚥下這股難耐的情緒，走向聲音傳來的緣廊。

八雲坐在緣廊，雙腳伸長踩在踏石上。

如果這時的他處於打坐姿勢，看起來就稍微有點僧侶的樣子，然而達也就某方面也覺得這樣才是八雲的風格。雖然至今已經相處兩年半，八雲依然是達也無法捉摸的人物。

「師父晚安，您剛才已經睡了？」

「嗨，達也與深雪晚安，我當然沒睡。即使是我，也不會與人有約還做出這種事。」

八雲絲毫不把達也的挖苦當作一回事。即使達也早已預料到他會吊兒郎當地含糊其詞，依然感到意外。

「老師，抱歉這麼晚還來打擾您。

請問……既然您還沒休息，為什麼要關掉所有的燈？」

「嗯？噢，這是習慣。沒必要就不開燈，因為我是忍者。」

看來達也誤會了，這麼做並不是為了要惡作劇。即使有平常的經驗做依據，也不應該以先入為主的觀念判斷事情。達也對此稍做反省。

不過在八雲面前，他當然不會把這種想法顯露出來。

八雲似乎也沒有察覺到達也在懷疑他的人格，他抬頭瞇細眼睛看著兩人，就像是極為感慨似地，輕聲說起完全離題的事情。

「不過話說回來，你們兄妹的靈氣真漂亮。在這種毫無光線的地方觀看更是出色。」

「靈氣嗎？」

「形容成靈子放射光，你們應該會比較聽得懂。」

八雲露出平常罕見的嚴肅表情，回答納悶的深雪。

原本就很細的雙眼瞇得更細，不過這絕對不是笑意使然，而是在專注凝視著平常難以看到的「某種東西」。

「深雪的靈氣炫耀奪目、無窮無盡，而達也的靈氣則是輪廓清晰、點滴不漏，至於聯繫兩人的……」

「師父。」

達也迅速打斷八雲這番話。八雲瞇細的雙眼恢復原樣，露出有些內疚的表情。

「抱歉抱歉，我忘了這件事不能說。」

「不，有所冒犯的是我。」

達也微微低下頭，示意這個話題到此打住。

八雲當然明白這一點。

「所以，今天究竟有什麼事？」

「其實是想請師父協助調查一件事。」

達也以這句開場白回應八雲的詢問，接著說明司甲的事情。

「這名高三學生，幾乎可以確定是Egalite的成員，但我認為他與Blanche也有著直接又密切的關連。

Blanche究竟想透過司甲進行什麼計畫，師父您有線索嗎？」

「Egalite與Blanche啊……這種程度的事情，我當然有辦法調查。」

達也以詢問句提出這個請求，八雲則是乾脆地點頭回應。聽起來像是傲慢又像隨口敷衍的這番回應，出自八雲口中就宛如理所當然。

而且達也知道，對於八雲來說，調查國內恐怖組織的底細真的是「輕而易舉」。

「但我是出家人，會避免過問俗世之事。」

何況你既然已經掌握到這種程度的話，拜託風間幫忙不是比較快嗎？藤林家的大小姐就在他那裡吧？」

「……如果請少校幫忙……」

「你阿姨不會給好臉色看嗎？」

達也短暫猶豫後，以有苦難言的聲音回答，八雲卻中途打斷──沒讓達也說完。

「既然是這樣的隱情，會來拜託我也在所難免。」

達也默默低頭致意。並不是對他願意接受委託表達謝意，是對他的用心表達歉意。

八雲將手舉到眼前揮了揮表示不用道歉，並且邀達也與深雪一起坐在緣廊。

達也坐在八雲身旁，深雪以更加客氣的態度坐在達也身旁。

「司甲，舊名是鴨野甲。」

八雲看兩人坐下之後，省略開場白直接述說。

「雙親與祖父母都沒有驗出魔法基因，是所謂的『平凡』家庭，但其實是賀茂家的分支。雖說是分支，卻與主流家系相隔甚遠，以這種意義來說，要視為平凡家庭也無妨。不過甲的『眼睛』應該是一種隔代遺傳。」

八雲這番話宛如早已預料到達也的委託內容，使得深雪睜大了雙眼，不過達也並沒有像妹妹那麼驚訝。

要是動不動就因為這種程度的事大驚小怪，就沒辦法和八雲打交道了。

不過，達也只有這句話一定要說。

「師父，您知道隱私權這三個字嗎？」

「我知道字面上代表的意思。」

達也的委託本身就是侵犯隱私權的事情，但達也無視於此提出責難，至於八雲則是以毫不愧疚的表情如此回應。

深雪單手按著自己的太陽穴，達也與八雲都視若無睹。

「話說回來，師父早就知道我想委託您調查司甲的情報？」

不過達也在此時忽然轉移話題，證明他並沒有完全無視於妹妹的態度。

至於八雲，也對於達也要把剛才那一幕當作沒發生的做法沒有異議。

「不，和你的委託無關，我早就知道他的事情了。」

「……有什麼原因嗎？」

「我是僧侶，不過另一個身分……不，更重要的身分是忍者。

如同魚有水才能活，忍者要隨時收集情報才活得下去。

總之，只要是曾經結緣的地方有任何可能會造成問題、內有隱情的人物，我都會大致調查其底細。」

達也微微瞇細雙眼。

「也包括我們？」

八雲沒有發出聲音，露出開心的笑容。

「我曾經想要調查，不過當時查不出來。與你們相關的情報隱藏得非常完美，我得表達佩服之意。」

達也與八雲之間開始出現某種火藥味。

或許是要驅除這股陰霾，深雪連忙插嘴詢問。

「所以老師，司學長與Blanche的關係是……？」

深雪散發出這種努力圓場的氣息，使得達也與八雲同時放鬆表情。他們原本就不是當真要針鋒相對，只是打趣互瞪，所以這股表面上的緊張感立刻消失。

八雲就這麼維持放鬆的表情，以閒話家常的語氣回答深雪的詢問。

「甲的母親的再婚對象有個兒子，也就是甲的義兄，他是Blanche日本分部的領導者。他不只是對外掛名的代表，也掌管組織背地裡的各種工作，是真正意義的領導者。」

然而八雲回答的內容暗潮洶湧，與他悠哉的表情成為對比。

「甲就讀第一高中，應該是這個義兄指使的。這麼做的目的，大概是想造成類似本次的狀況……具體的企圖還不得而知。

但是肯定不會是什麼好事。」

「這樣啊……」

聽到八雲這番話，達也緩緩點頭並且思索。

「抱歉，沒能在最重要的地方幫上忙。」

「不，我受益良多。」

這並不是客套話。達也本來就不認為能立刻得到答案，而且光是能在事前確認這名「可能要注意的人物」其實是「非得注意的人物」，就有非常重要的意義。在明天的討論會開始之前，必須儘早在不經意的狀況下，建議摩利對司甲提高警覺。達也將這件事寫入腦中的行程表。

達也思考到這裡，察覺到還有一件事情必須打聽。

「話說師父，司甲『眼睛』的性能達到什麼程度？」

聽到達也詢問，八雲摸起自己的下巴。看來並不是賣關子，是真的在思索。

「這個嘛……他看得見釋放出來的靈氣波動，大概是這種程度吧？應該可以確定他不足以看出體內蘊藏的靈氣。

至少他的靈視能力，沒有達也班上的同學那麼強。」

八雲說出的最後一句話令達也蹙眉。

「您已經連美月的事情都查過了？」

達也這句話，使得八雲露出今晚最不懷好意的笑容。

「你也有興趣吧？」

達也好不容易才忍住咂嘴的衝動。八雲肯定知道這句話說中達也的心思，但是達也很不願意把事實表現在態度上。

這裡的「有興趣」並不是青少年男女間的那種意思，並非感情上的話題。一言以蔽之，達也在提防美月。原因正如八雲所指摘，她的特異能力可能會看出達也「體內蘊藏的靈氣」。

「以結論來說，我覺得你用不著提防。」

八雲似乎對於能讓達也愁眉苦臉感到滿足。

他已經收起笑容了。雖然語氣依然悠閒，態度依然輕浮，臉上卻不是沉浸於玩笑或是玩著文字遊戲的表情。

「那個女孩即使看得見你的靈氣也無法理解。如果她精通魔法達到足以理解你的程度，就不會為自己的『眼睛』所苦了。」

這番話或許是要讓達也放心，但是達也心情頗為複雜。

八雲肯定沒有這個意思。然而達也是跳脫魔法師框架的特製品，這個事實似乎再度擺到達也的面前逼他正視。

【10】

然後，到了公開討論會當天。

全校有半數學生集結在講堂。

「來的人意外地多。」

「應該可以形容成超乎預料吧？」

「本校學生居然有麼多閒人……或許得建議校方把課程排得更緊湊了。」

「市原，別開這種不好笑的玩笑……」

以上幾句話依序來自深雪、達也、鈴音與摩利。

他們正在講台旁邊觀察場內。

真由美就在附近與服部準備上台。

講台的另一邊，有四名三年級的同盟成員，接受風紀委員的監視準備上台。

紗耶香不在其中。

「行動部隊是在其他地方待命嗎……？」

摩利宛如自言自語輕聲說著。

只是「宛如」，很明顯並非自言自語。

「我有同感。」

達也剛好也在想同樣的事情，並且明白到摩利的用意如此細語。

他放眼環視會場。

一科生與二科生的比例大約一比一。鈴音的玩笑話暫且放在一旁，關心這個問題的學生比想像得多。不只是二科生，一科生也是如此。

可以確定是同盟成員的學生約為十人。

而且占據廣播室的成員不在其中。

「雖然不知道對方有何居心……但我們沒辦法主動出擊。」

這當然是不用強調的事實。

對方總是位於先攻立場，這邊只能見招拆招。

「形容成『只守不攻』比較好聽……」

「渡邊委員長，請不要以訴諸武力為前提……要開始了。」

摩利依然想要反駁——應該說抱怨，不過鈴音這句話令她將視線移向講台。

既然是座談會形式的討論，依照本次事件的經緯，必然是這種狀況。

「學生會長，我要質詢本季的社團預算分配。依照我們得到的資料，一科生比例較高的魔法競賽型社團，比起二科生比例較高的非魔法競賽型社團，很明顯分配到更加優渥的預算，這就證明一科生不只是享有較好的教學資源，連社團活動都比較吃香！既然學生會長真的希望一科生與二科生得到平等待遇，就應該立刻修正這種不平等的預算分配。」

「社團預算的分配，是以社團人數與活動績效評估而成的預算草案為基礎，由所有社團的社長開會做出決議。魔法競賽型社團看起來分配到較為優渥的預算，主要是反映該社團對外參賽的成績，即使不是魔法競賽型社團，例如在全國大賽得到佳績的蹴球社，分配到的預算並不輸魔法競賽型社團，我想這一點只要參考各位手邊的圖表就可以明白。社團預算獨厚一科生的推測是一場誤會。」

就像這樣，真由美代表學生會，對同盟的質詢與要求做出反駁與回應。

即使這麼說，同盟並沒有提出任何具體的要求，只是拿出預算表要求「平等分配」，無法詳述應該要對哪些社團增加多少或是幾成預算。

他們本來就像是受到達也慫恿才硬著頭皮上台。

「二科生在所有層面都受到不如一科生的差別待遇，學生會只是想隱瞞事實吧！」

「剛才您有提到『所有層面』，請問具體來說是哪些層面？我剛才已經說明過，無論是設施使用與物資分配，從A班到H班沒有任何差異。」

即使是混在聽眾裡用來煽風點火很有效果的標語，拿到台上只會成為毫無具體可言的概念論述。真由美以具體事例以及無從曲解的數字提出反駁，空洞的標語當然無力對抗。

討論會進行到這裡，逐漸演變成真由美的個人演講了。

「……我不否認同盟所指摘的階級差別意識，確實存在於學生之間。但這是定型而成的優越感與自卑感。以性質來說，並不是特權階級害怕自己的特權被侵犯，從防衛本能誕生制定而成的差別待遇。

『花冠』與『雜草』這樣的形容詞，無論是校方、學生會與風紀委員會都明令禁止，不過很遺憾，大多數的學生都會使用這樣的字眼。

然而，如果只是一科生自稱花冠，將二科生稱為雜草鄙視，這樣並不會造成問題。但二科生自己也鄙視自己是雜草，死心地接受這種說法，這種可悲的風潮確實存在於校內。」

雖然場內響起零星的奚落聲，卻沒有提出明顯的反駁。

對於將蠱惑的小惡魔笑容封印，以英姿煥發的表情與光明正大的態度高談闊論的真由美，同盟已經詞窮，無從反駁了。

「這種意識上的隔閡才是問題所在。

一科與二科的區別，依然基於學校制度確實存在著，這反映出背後有著全國都處於指導教師不足的狀況，不是能夠立刻解決的問題。

要讓所有學生接受不足的指導？還是讓一半學生接受充足的指導？

本校使用了第二種方法。

這種做法確實造成差別待遇。

而且我們對此無能為力。

既然在本校求學，就必須以本校學生的立場，被迫接受這樣的原則。

然而除此之外，並沒有制度上的差別待遇。

或許各位會有人感到意外，不過第一科與第二科的教學內容完全相同。

即使教學進度有所差異，但雙方採用相同的課程和實習教學。」

無論是達也或深雪，都對此感到意外。

「哦……」達也不由得發出一聲讚嘆，深雪則是默默表示贊同。

見到這一幕的鈴音，嘴角露出笑容。

「在社團活動這方面，社團聯盟與學生會，也盡量公平分配各設備的使用時間。

社員多的社團，比社員少的社團得到較好的待遇，我不否認這一點。不過這是考量到每個人也必須分配到同等的資源，如同每個社團必須分配到同等的資源，這是不能忽視的原則。

絕對不是以制度明定魔法競賽型的社團享有優先順位。

剛才『同盟』的各位指出，魔法競賽型的社團分配到比較優渥的預算。以結果來看，確實如同各位的指摘，不過各位在剛才的圖表就有看到，這樣的預算分配是基於活動實績的結果。

除了指導老師的問題，所有做法都有理可循，而且不是出自於一科與二科的差別。我想各位應該能夠認同，這些解釋都是基於合理的根據。

明知另有原因，卻歸咎為一科與二科的差別待遇，這種分裂一科生與二科生的意識隔閡，才是真正的問題所在。」

再度響起零星的喧鬧聲。

不過這次包含了正反兩種意見。同盟的支持者出聲奚落，二科生所坐的區域也傳出「同盟別吵」這樣的聲音，局勢的變化顯而易見。

「我身為本校的學生會長，絕對沒有滿足於現狀。

我經常在思考，要如何消除這種煽動學生對立的意識隔閡。

然而我不能為了解決這個問題，衍生出不同的差別待遇。即使二科生真的受到差別待遇，反過來讓一科生接受差別待遇也不會解決問題。即使只是暫時措施，這也不被容許。

無論是一科生或二科生，每個人都是本校的學生，對於每位學生來說，在本校度過的這三年都是獨一無二的。」

場中響起掌聲。鼓掌的人數沒有多到能夠形容為滿堂彩，卻也不是零星的掌聲。而且鼓掌的學生不分花冠一科生或雜草二科生。

掌聲結束之後，場內恢復寂靜。無論是一科生或二科生，有鼓掌或沒鼓掌的人，都目不轉睛看著台上的真由美，屏氣凝神聆聽她的發言。

與真由美同樣位於台上，代表同盟出席的座談會成員，則是心有不甘瞪著她。

「消除制度上的差別待遇，避免造成反向差別待遇，我覺得這是我們唯二能做的事。今天是個好機會，希望各位能聽聽我的願望。

其實在學生會，還有一個制度造成一科生與二科生的差別待遇。

那就是不包含學生會長，關於學生會幹部的指派權限。

依照現行制度，學生會長以外的學生會幹部，一定要指派一科生擔任。

這項規定只能在學生會長改選時召開的學生總會進行修改。

我會在卸任時的總會提議廢除這項規定，當成是我身為學生會長的最後一項工作。」

場中一陣譁然，學生們甚至忘記出聲奚落，與前後左右的其他學生交頭接耳。真由美默默等待這股騷動自然平息。

「……我的任期剛過一半，這張支票開得有點早，不過既然人心沒辦法以強硬方式改變，也不應該以強硬方式改變，那我會竭盡所能擬定改善方案，以不同的方式來改變。」

這番話博得了滿堂彩。

雖然大致來說，這股輕浮氣氛很像是對偶像明星的聲援，然而不只是一科生，二科生也同樣支持真由美，而不是支持同盟的主張，這一點顯而易見。

真由美的訴求，是要讓眾人克服內心的差別意識。

同盟的行動確實成為契機，使得學校朝著消除差別待遇的方向努力。不過現在這種場面，與他們心目中的變革完全相反。

改革派往往不會只因為達成目的就滿足。

他們執著於以自己設想的手段達成目的。

對於同盟成員而言，應該說對於幕後指使者而言，不會對這樣的結果感到滿意。

——何況在背地裡煽動紗耶香等人的幕後黑手，從一開始就不打算讓事情就此落幕。

◇ ◇ ◇

忽然間，一個轟鳴聲撼動講堂窗戶，陶醉於鼓掌這個集體行動的學生們回過神來。

本次動員的風紀委員們同時展開行動。

他們以充滿紀律的動作，逮捕各自負責監視的同盟成員。無法想像他們平常根本沒有接受過像樣的訓練。

某種紡錘狀的物體，打破窗戶玻璃飛了進來。

榴彈一落地就開始冒出白煙，然而白煙沒能擴散，榴彈就連同煙霧飛出窗外消失，整個過程看起來如同逆向播放的影片。

達也投以讚賞的視線，服部隨即不悅地撇過頭去。

真由美見狀忍不住輕聲一笑。

摩利朝著講堂門口伸直手臂。

戴著防毒面具闖入的數人，就像是被階梯絆到同時摔倒，就這麼動彈不得。

早在預料之中的偷襲，雖然是採取爆裂物與化學兵器這種超乎預料的激烈手段，卻還是正如預定迅速予以鎮壓。

看來此處的事件，可以在造成混亂之前以未遂收場。

「那麼，我去看看實技大樓的狀況。」

「哥哥，我陪您去！」

「小心點啊！」

在摩利出聲送行之下，司波兄妹前往最初傳來轟鳴聲的區域。

◇◇◇

在魔法科學校，為了指導魔法實技，魔法師會以教師身分常駐。

第一高中被認定是最高等級的魔法科學校，教師也是由一流魔法師組成。

這所學校的戰力，足以獨自擊退小型國家的軍隊。

即使當然考量到可能遭受外部襲擊，卻沒有採取預防措施。

沒有危機感，等於是真正的毫無戒心。

外部勢力出乎預料的入侵與偷襲行動完全奪得先機，實技大樓牆面被燒黑，窗戶出現裂痕。

達也聽到的轟鳴聲，應該是小型燒夷彈的爆炸聲。兩名教師正在聯手處理附著在牆面持續燃燒的可燃黏稠劑。

「鬧成這樣是什麼狀況啊？」

像是在保護兩名教師，正在上演激烈武打場面的男學生，看到達也的身影大聲詢問。

深雪的手指輕柔舞動。

以單手就能操作，行動終端裝置造型的ＣＡＤ。

想子情報體在瞬間展開、建構並發動。

只有魔法師與魔工技師——「魔法使用者」看得見的魔法光輝。

圍著雷歐的三名男性同時被震飛，打扮像水電工的三人，明顯不是學生也非教職員。

雖然他們宛如踩到地雷飛得老遠，位於中心的雷歐卻完全不受影響。

這種能夠精準定位的彈性，正是魔法擁有的最大優勢。

「恐怖分子入侵學校了。」

在深雪和教師們詢問狀況的時候，達也省略所有細節，向雷歐說明現狀。

「天啊，真危險。」

光是如此，雷歐就不再追問——達也經過上次的課後練習，就明白他是這樣的人。

當務之急只有一件事，那就是校內有一批必須解決的敵人。

「雷歐，你的法機！……喔，原來援軍來了。」

在這個時候，艾莉卡從另一邊的事務室方向現身，她認出達也等人就放慢腳步。

「不用擔心我，時間很充裕。」

「我怎麼可能擔心？反正你又殺不死。」

「喂，妳說什麼！

……不對，現在沒空跟妳胡鬧，快把我的CAD交出來。

喂，別用扔的啊！」

即使ＣＡＤ是精密機器，設計時卻考量到可能會在惡劣環境使用。

所以不會因為掉到緩衝材質的路面就壞掉。

知道這一點而扔出ＣＡＤ的艾莉卡，當然無視於雷歐的抗議——不過即使有摔壞的危險，她也可能會無視於抗議吧。

「這是達也同學做的？

還是深雪？」

艾莉卡以毫不同情的眼神，看著發出呻吟、緩慢爬行的入侵者簡潔詢問。

「是深雪，我的手法不會這麼漂亮。」

「是我。這種程度的小角色，用不著勞煩哥哥親自動手。」

達也以及回到他身旁的深雪，在完全相同的時間點開口回答。

「是是是，真美麗的兄妹之情……」

所以，這些傢伙可以二話不說就打飛是吧？」

「既然不是學生，就無須手下留情了。」

達也完全無視於話中的消遣成分，回以有點文不對題的答案，艾莉卡對此開懷一笑。

「啊哈，我本來以為高中是個更加無聊的地方。」

「喔～好恐怖，妳這女人真好戰。」

「給我閉嘴。」

艾莉卡右手舉到一半，不過她手上終究是特殊警棍，所以沒有真的戳下去。

「話說回來，你們在這種時間待在實技大樓做什麼？」

只要不是課後留下來練習，學生放學之後應該沒理由來到實技大樓。

達也並不是因為剛才被消遣而還以顏色，只是不經意提出詢問。

「啊？沒有啦⋯那個⋯嗯⋯怎麼說⋯⋯」

「呃⋯嗯嗯⋯總之⋯那個⋯就是說⋯⋯」

所以他們驚慌到這種程度，出乎達也的預料。

「⋯⋯你們孤男寡女在那裡做什麼？」

聲音聽起來頗為正經。

但比誰都了解達也的深雪立刻就知道，哥哥正經的表情背後，隱藏著壞心眼的笑容。

「孤男寡女？」

艾莉卡的聲音變得高八度，幾乎達到有趣的程度。

「這是誤會！」

雷歐的聲音，則是可以形容為慘叫。

「我只是在練習實技！

這個女人比我晚到！」

「我是去練習的，卻看到這傢伙大搖大擺坐在那裡！」

「喂，大搖大擺是什麼意思！」

「啊~明白了明白了，我懂了，沒有誤會你們。」

雖然事實沒有那麼有趣，但兩人的反應已經令人心滿意足。

達也將心態切換回來。

「有看到其他入侵者嗎？」

「另一邊是老師們把關，幾乎已經完全鎮壓了，真了不起。」

達也以聽起來頗為正經……更正，以正經的語氣如此詢問，艾莉卡也將剛才的驚慌當成沒發生過，以不嚴肅卻也沒在胡鬧的沉著語氣回答。

雷歐也同樣立刻就切換心態。

「雖然由我來說也不太對，不過這些傢伙，以魔法師來說只算是三流。

因為他們三打一都用不出魔法。」

雷歐說得若無其事，不過光是同時應付三個人就非易事。

這名同班同學的實力，似乎比想像的還要好。

「艾莉卡，事務室那邊沒事嗎？」

艾莉卡點頭回應深雪的詢問。

「那邊似乎很早就採取因應措施，我到那裡時，老師們已經把入侵者綁起來了。果然是因為貴重物品很多吧。」

艾莉卡這番話，令達也覺得事有蹊蹺。

事務室保管許多貴重物品，會成為對方攻擊的目標可以理解。

然而，實技大樓只有舊型號的ＣＡＤ。

硬是要列舉有價值的東西，就是即使遭受手榴彈攻擊，也只有表面輕微燒焦的耐熱、耐震、耐衝擊的建築物本身。

如果大樓遭受破壞，大概有一個月沒辦法正常上課，但也僅止於此。

除此之外，要說到遭受破壞會影響學校運作的地方，就是沒辦法立刻重新調度的重要設備、實驗材料與文獻所存放的……

「……實驗大樓與圖書館嗎！」

「所以這邊只是聲東擊西？這次的攻擊行動規模真是超乎預料。難道說，導致今天舉辦討論會的廣播抗議行動，也是聲東擊西之計？」

達也搖頭回應深雪提出的疑問。

「不，我覺得抗議行動本身是真的，同盟應該也只是被利用了。」

達也並未對此表達遺憾。要是如此斷定，將會侮辱到那些真的想消除差別待遇的人。

「不提這個，重點是接下來該怎麼做。」

有三種選擇。

可以兵分兩路——

或是直接前往實驗大樓——

或是直接前往圖書館。

「他們的目標是圖書館。」

這項情報促成了決斷。

「小野老師？」

低跟鞋加上窄管褲裝，外套底下是泛著光澤的毛衣。

她今天的打扮與上次完全不同，是重視行動輕便性的穿著。

光澤的來源，應該是著重防彈防刃效果的金屬纖維。

連表情都嚴肅繃緊，營造出判若兩人的氣息。

「對方的主力已經入侵圖書館了。

壬生同學也在其中。」

三人朝達也投以困惑的視線。

達也從正面注視著遙。

時間不到一秒。

「事後可以請老師說明一下嗎？」

「我很想拒絕，但是應該行不通吧。

相對的，我可以提出一個請求嗎？」

「什麼請求？」

即使遙露出遲疑的神色，卻沒有支支吾吾浪費時間。

「我以輔導老師小野遙的立場提出請求。

希望你能給壬生同學一次機會。

她從去年就煩惱於自己身為劍道選手與二科生的評價差距。

雖然與她進行過好幾次諮商……不過應該是我力有未逮吧。

最後還是被對方抓到可乘之機了。

所以……」

「您太寵她了。」

遙的這項委託，應該是出自於正直的職業道德。

然而達也毫不留情出言駁斥。

「深雪，走吧。」

「好的。」

「喂，達也！」

對於不忍駁斥的友人，達也只給了一句建言。

「無謂的同情除了害自己受傷，也會波及他人。」

時間寶貴，多說無益。

達也飛奔而去的背影如此表述。

◇◇◇

圖書館前面，正在進行勢均力敵的小規模戰鬥。

襲擊者除了ＣＡＤ，還攜帶刀子與射擊武器。其中似乎也有少數學生，但幾乎都是校外人士——也就是入侵者。

以三年級學生為中心的應戰組，雖然手上沒有ＣＡＤ，魔法力卻遠遠凌駕於對方。

沒有ＣＡＤ也能以魔法應付手持武器的敵人，擁有此等實力的他們，不愧是前程似錦的魔法師雛鳥（與其說雛鳥更像幼虎）。

雷歐目睹這幅光景的下一瞬間就往前衝。

「Panzer！」

他放聲吶喊，衝進去參加混戰。

這聲咆哮是有意義的。

「居然用語音辨識這種稀奇的玩意兒……」

「哥哥，他剛才是不是同時進行展開與建構程序？」

「嗯，那是『逐次展開』，十年前流行的技術。」

「那個傢伙連魔法都這麼落伍……」

艾莉卡忽視自己經常使用「刻印魔法」這種過時技術的事實如此說著。幸好她的壞話（？）沒有傳到奮戰中的雷歐耳裡。

雷歐的ＣＡＤ寬大厚實，像護手般包覆前臂。他以ＣＡＤ擋住揮來的棍棒並反擊。

原來如此，既然是兼具護盾功能的ＣＡＤ，難怪雷歐會採用語音辨識。因為這種功能不需要讓可動元件或是感應器暴露在外。

雖然這麼說……

「以他那種用法，ＣＡＤ居然不會壞。」

「ＣＡＤ本身也施加了硬化魔法。」

硬化魔法是將分子的相對座標固定於狹窄區間的魔法。

無論受到多麼強大的衝擊，只要物品之間的相對座標沒有出現誤差的話，除非外裝受損才會導致毀壞。」

「所以再怎麼粗魯地使用也不會壞掉嗎？

真是適合他的魔法。」

艾莉卡等人避開混戰繞路前往圖書館入口，並且如此評論與調侃。雷歐則是無視於他們，宛如在宣洩內心的積怨，縱橫全場大顯身手。

戴著黑色手套的雙手，粉碎飛來的石礫與冰塊，打斷金屬或碳纖維強化塑膠棍棒。

偶爾會冒出火花，或許是因為對方有人使用電擊棒。

沒能完全閃開而刺在身上的刀子，以及敵方藏在袖子裡彈射過來的暗算飛鏢，都無法貫穿雷歐白綠相間的制服上衣。

「身上所有衣物都進行硬化處理嗎？

就像是穿了一套覆蓋全身的金屬鎧甲。」

雷歐曾經毫不猶豫斷言自己擅長硬化魔法，看來此話不假。

「逐次展開」的技法，是同步進行複數的啟動式展開程序與魔法式構築發動程序，雷歐以這種技法，讓硬化魔法持續處於最佳狀態。

身手只比外行人好一點的資淺恐怖分子，雖然握有武器，應該也無法貫穿那套鎧甲。

而且雷歐應該只是靠肉體力量揮出的拳頭，破壞力比起使用了移動術式或加速術式的拳頭卻毫不遜色。

如果是限制使用槍炮的肉搏戰，他的戰鬥力應該立刻就適用於軍隊的最前線。

「雷歐，我們先走了！」

「好，這裡交給我！」

達也決定把這裡交由雷歐處理。

◇　◇　◇

圖書館內部鴉雀無聲。

如果相信遙的說法，現狀並不是成功擊退對方，而是迎擊的己方受到牽制。

館內除了職員應該還有警衛全天候駐守，不過似乎已經被制服了。

不愧是主力部隊，幹練程度完全不同。

達也暫時躲進入口旁邊的小房間，將意識擴展出去，尋找對方的身影。

不是感應氣息，而是尋找身影。

現代魔法是針對伴隨事象而來的情報——即是對與事象本身互為表裡的「個別情報體」進行干涉的技術。

使用現代魔法的人，都是在情報體次元——這是世界本身的情報體，也是涵括所有個別情報體之「情報」所處的平台。語源「Idea」是古希臘哲學用語——認知不同的個別情報體。

不過，很少有人能夠感知並加以辨別。

達也以普通魔法的天分為代價，得到特別高超的知覺能力，能夠在情報體次元辨別各種不同的個別情報體。

「二樓特別閱覽室有四人，樓梯口有兩人，樓梯上方盡頭也有兩人……這樣。」

「好厲害，只要有達也同學，埋伏就毫無意義了。」

實戰時我絕對不想與你為敵。」

「對方在特別閱覽室做什麼？」

「以入侵者來說，他們也太安分了。恐怕是想竊取魔法大學私藏的機密文獻。特別閱覽室有權限連結普通人禁止閱覽的非公開文獻。」

達也回應深雪詢問的這番推測，使得艾莉卡露出失望的表情。

「艾莉卡，妳怎麼露出一副期待落空的表情？」

聽到深雪如此詢問，艾莉卡就像是抓準這個大好機會，以誇張的動作聳了聳肩。

「因為啊～高中生的造反風波，明明應該像是『失控的青春』令人興奮難耐，揭開真相卻發現只是稀鬆平凡的諜報活動……是不是會令人有種『把夢想還來』的感覺？」

「別問我這種問題。還有，妳這種夢想從一開始就是錯的。」

「你還是回答了嘛。」

達也一時無法反駁，此時深雪連忙打圓場。

「別計較這件事，得趕快去特別閱覽室。」

伏兵由我來應付吧？」

「不，這工作我要接收～」

艾莉卡像是唱歌般搶下這個角色，不等回應就衝了出去。

無聲無息，宛如滑行進逼到樓梯口。

握柄內藏ＣＡＤ的伸縮警棍已經伸展完成。

本來應該是伏兵的敵方卻遭受奇襲。

艾莉卡揮下警棍命中敵人，在下一瞬間翻身回擊。

她眨眼之間就打倒兩名敵人。

這是洗鍊至極的近身戰技，與雷歐粗獷的戰鬥方式成為對比。

夥伴倒地的聲音，使得樓上的伏兵總算發現艾莉卡了。

一人衝下樓，另一人在後方展開啟動式。

然而，啟動式隨著想子的閃耀而粉碎。

魔法被取消，使得魔法師愣在原地。

他的身體呈現不自然的僵硬狀態，在下一瞬間失去平衡摔下樓梯。

「啊……」

「別在意。」

妹妹發出可愛的聲音，達也則是將手槍造型的CAD收回槍套，並且出聲安撫。

以雙腳站立的人類，在站著的時候，總是潛意識隨時調整著重心。

身體動作忽然減速＝被迫停止的人，沒辦法繼續站穩。

到這裡為止都在深雪的預料之中，但深雪沒想到對方會摔下樓梯吧。

總之頸骨似乎沒斷，而且既然參與這種暴行，應該已經做好腦震盪或是斷兩三根肋骨的準備了。達也所說的「別在意」是這個意思。

至於另一名伏兵，握著一把與其說是小刀，更適合以脇差來形容的真刀砍向艾莉卡。

達也對他的長相有印象。

是在劍道社的示範賽擔任紗耶香對手的男學生。他想以蠻力壓制艾莉卡的右手，戴著紅藍線條外框的白色護腕。看來劍道社已經率先被汙染了。

「嘖。」

達也同學…應付學生…就一定要…手下留情…是吧？」

在武器互抵較勁的場面裡，艾莉卡發問的聲音有些顫抖。

體格造成的臂力差距，在膠著狀況會造成諸多影響。

「不需要刻意手下留情。」

達也如此說著踏出腳步。

「不用幫忙！」

艾莉卡出聲制止。

「應付這種程度的對手，用不著發揮真本事！」

她猛然加強壓力，在下一瞬間卸除力道。

與踉蹌的對手互換位置之後，艾莉卡催促兩人先走。

「這裡交給我。」

「明白了。」

男學生側身提防遭受夾擊。

然而達也與深雪，已經沒把這名學生放在眼裡了。

達也使勁踩向地面。

深雪輕盈蹬向地面。

達也的身體彈跳到牆面。

深雪的身體飛舞到空中。

兩人一鼓作氣抵達樓上。

「咻～」

艾莉卡模仿口哨發出音效，同盟學生則是看得出神。司波兄妹留下他們兩人，前往盡頭的特別閱覽室。

◇ ◇ ◇

紗耶香以複雜的心情，凝視著正在眼前進行的作業。

機密文獻——記載這個國家魔法研究相關的最先進文獻資料，校內只有這台終端裝置能夠連結。她的同志——「Blanche」的成員正在入侵系統。

男子組主將司是在半年多之前，引介他們與紗耶香認識。不知為何，司並不是帶紗耶香到他所屬的Egalite，而是Blanche。

紗耶香原本不打算讓這個活動擴展到校外，至少不打算做出觸法的舉動。之所以願意和這些人見面，是受到司的照顧而給他一個面子。司的哥哥是Blanche日本分部代表，這個人教導了紗耶香很多事情。即使現在的紗耶香重新體認到，魔法技能造成的差別待遇並不是只在校內就能解決的問題，紗耶香的關注焦點依然只限於校內二科生的差別待遇。

其實紗耶香比較想參加討論會。不只是這麼想，她也有開口表達意願，然而司說她比較適任這邊的工作，紗耶香也拒絕不了，於是便被說服。

紗耶香心想，自己究竟是在做什麼？擅自拿走鑰匙，成為駭客的同夥……這些就是自己想做的事情嗎？

思緒朝著被禁止的方向延伸。感覺到這一點的紗耶香，連忙將意識移回眼前的任務。

然而己方目標明明是廢除魔法造成的差別待遇，為何會需要魔法研究的最先進資料？

司的哥哥曾經說過，將魔法學的研究成果公諸於世，是廢除差別待遇的第一步。

（可是，向不會使用魔法的人公開魔法理論，我不認為有什麼意義……）

在心中反覆許多次的疑問，再度浮現在腦海。

魔法相關的學問，對於不會使用魔法的人毫無助益。

就某種意義來說屬於現實主義的魔法理論，沒有宗教上的唯心性質。

若有人想要得到最先進魔法研究成果，那不就是企圖利用魔法的人嗎……？

（不對，肯定有一些能讓不會使用魔法的人們受益的研究成果被隱匿了……）

這是為了說服自己而編造的理由，引導自己如此認定的答案。

然而即使不斷在內心反覆，自己也沒辦法真正接受這種說法。

「……好，破解了。」

場中出現小小的騷動。

旁人連忙準備固態儲存裝置。

同志們——感覺他們的表情確實閃過一抹「慾望」，使得紗耶香別過頭去。

看向門口。

所以，她是最早察覺的人。

「門被……！」

她的尖叫，使得其他成員同時轉過身來。

四方形的門，在他們的注視之下往室內倒下。

「怎麼可能！」

如果對照事實，他們驚愕的呼聲算是頗為保守。

在物理層面堅固的物體，個別情報體的可變性也不大。

能夠承受反戰車火箭砲直接轟炸的複合裝甲門板，要以魔法破壞並非不可能。

然而無論是使用加重、振動或融解的方式破門，都必須重複好幾次相同的工序，構築大規模的魔法式才行。

不可能像是這樣，無聲無息瞬間破壞。

超乎常理的光景，凍結了眾人的意識與動作，此時他們手中的儲存裝置粉碎了。

緊接著，用來入侵系統的行動終端裝置，宛如依照製造程序高速倒轉一樣分解了。

連接的裝置忽然終止訊號，使得閱覽用的終端裝置進入鎖定狀態。

「可以稱呼你們是產業間諜吧？

你們的企圖就此瓦解了。」

紗耶香熟悉的一個人影，右手握著閃耀銀光的手槍造型特化型ＣＡＤ，以十分平淡的語氣宣告了終結。

人影後方有另一個嬌小的人影，手持行動終端裝置造型的ＣＡＤ優雅待命。

他們兄妹臉上絲毫沒有激動的神色，令在場人們差點忘記自己正在從事犯罪行為。

「司波學弟……」

如此細語的紗耶香身旁，舉起了一隻右手。

不是投降的手勢，是一名同夥男性以真槍瞄準前方的學弟。

這名男性不是第一高中的學生。

甚至不是學生。

是司的哥哥——領導者指名參加本次任務的人。

由領導者直接指名的同夥，明確展露殺人的意圖。

紗耶香發出無聲的尖叫。

想制止卻發不出聲音，做不出動作。

自己是這群殺人犯的同夥——這樣的認知令她驚懼畏縮。

然而，能夠輕易奪走人命的子彈沒能發射。

痛到發不出聲音的劇痛，使得這名男性倒地掙扎。

他的右手就這麼握著手槍，不對，是手槍黏在他的手上。

男性的右手腫脹發紫。

「停止愚蠢的行徑。別以為我會放過任何對哥哥不利的惡意。」

語氣平靜莊重……充滿威嚴。

級數差太多了。

令人體認到，再怎麼做都無能為敵。

光是聽見這個聲音，似乎連反抗意志都會凍結。

嚇得不敢動彈的紗耶香，接著聽到的是達也殘酷的話語。

「壬生學姊，這就是現實。」

「啊……？」

「所有人同樣受到厚待的平等世界不可能存在。無視於天分與專長的平等世界，是所有人同樣受到冷遇的世界。

其實壬生學姊也早就明白了吧？

沒有人能賦予這種平等，這種玩意兒只存在於用來欺騙並利用他人的甜美謊言。」

紗耶香失焦的雙眼回神了。

學弟從正面注視她的冰冷雙眼，隱約透露出某種情感。

「他們提供壬生學姊這種悅耳的理念，實際上卻是要利用學姊，以竊取魔法大學的非公開技術。這就是現實。」

這種情感是憐憫？

「為什麼！

為什麼會變成這樣！」

感受到這一點的瞬間，紗耶香內心某種連她自己都不清楚的情緒爆發了。

「想要廢除差別待遇，這樣錯了嗎？

想要追求平等，這樣錯了嗎？

差別待遇確實存在吧！

這不是我的錯覺。

我確實受到鄙視。

受到譏諷視線的洗禮。

聽到周圍瞧不起我的聲音！

我想要消除這一切，這樣錯了嗎？

你也一樣吧？

你肯定總是被拿來和旁邊的成材妹妹做比較。

而且一直以來肯定受到不合理的侮辱！

肯定曾經被所有人瞧不起！」

紗耶香的吶喊，確實是出自內心的悲歎。

是來自心底的哀號。

然而這樣的吶喊沒能傳入達也的內心，無法引起共鳴。因為對於達也來說，這單純只是當成「這麼回事」並接受的事實罷了。

因此達也就只是接收著她這番吶喊的「意義」，接收著她正在吶喊的「現象」。

只是認知到眼前有一名放聲悲歎的少女。

紗耶香在達也眼中看到的憐憫神色，只是她自我憐憫產生的錯覺。

紗耶香的吶喊沒有傳入目標對象的少年內心——而是傳入旁邊少女的內心。

「我不會鄙視哥哥。」

深雪靜靜說著。

然而她的聲音，蘊藏著阻止紗耶香繼續悲歎的情緒——也就是憤怒。

「即使除了我以外的所有人類都中傷、誹謗、鄙視哥哥，我獻給哥哥的敬愛之情也絕對不會有任何改變。」

「……妳……」

紗耶香啞口無言。

深雪過於鮮明強烈的這番誓言，使得紗耶香不只是話語，連思緒與情感都斷絕了。

「我的敬愛並不是來自魔法實力。以世間認定的魔法實力來說，我至少比哥哥高明好幾個層次。不過我對哥哥的這份心意，完全不可能會因為這種東西受到任何影響。這種東西，絲毫無法撼動我對哥哥的心意。因為我知道，這種東西只不過是哥哥不足為提的一小部分。」

「…………」

「所有人都侮辱哥哥？

這種說法才是無可原諒的侮辱。

侮辱哥哥的無知之徒確實存在。

然而認同哥哥傑出能力的人，與這種泛泛之輩一樣多。不對，是更多。

壬生學姊，妳是一位可憐人。」

「妳說什麼？」

只有音量很大聲。

然而話語之中沒有力道，毫無想法與情感可言。

「沒有人願意認同妳嗎？

衡量妳價值的方法就只有魔法嗎？

不，肯定不是這樣。

至少我知道有一個人，並不是以這種方法衡量妳。

妳知道這個人是誰嗎？」

「…………」

「哥哥已經認同妳了。

認同妳的劍技造詣，以及妳的容貌。」

「……這只是表面上的東西。」

「確實如妳所說，這是表面上的東西。不過這也確實是學姊的一部分，是學姊的魅力，是學姊本人吧？」

「…………」

「只看得到表面是理所當然的。在咖啡廳兩次，在廣播室前面一次，哥哥這次只是第四次與妳當面交談。妳想對一個只見過四次面的人要求多少？」

「這……」

「到最後，最歧視妳的人正是妳自己。最鄙視妳是劣等生，鄙視妳是『雜草』的人，正是妳自己。」

無法反駁。

甚至沒有想要反駁的念頭。

這番指摘，使得紗耶香受到足以令思緒空白的打擊。

人們在放棄思考的時候，會放棄自己的意志。

拋棄意志的空殼，被惡魔的細語悄然入侵。

不，在這個場合，應該是傀儡師的細語。

「壬生，用戒指！」

直到前一刻，一名男性一直丟臉地躲在十六歲少女的身後。

這名男性忽然如此大喊。

他隨著宛如哀號的這聲吶喊，舉手朝著地面往下揮。

小小的點火聲，白色的煙霧。

同一時間，刺耳的無聲噪音傳遍全場。

是想子雜訊。

阻礙魔法發動，「演算干擾」的波動。

煙霧裡傳出三個腳步聲。

達也刺出兩次手。

是在煙霧之中施展掌打。

濃煙使得他雙眼緊閉。

響起兩聲命中骨肉的沉重聲響，以及兩聲物體落地的聲響。

「深雪，住手。」

他在這段空檔下達指示。

深雪立刻取消正在架構的魔法式，改成另一種。

風成為渦流，逐漸吸收白煙。

壓縮到乒乓球大小的煙，被封鎖在半空中出現的乾冰裡，然後掉到地面。

恢復為清晰光景的室內，共有三名男性倒地。

一名男性被凍傷的劇痛刺激得翻滾掙扎。

兩名男性臉部瘀青昏迷不醒。

「哥哥，不用逮捕壬生學姊嗎？」

深雪詫異詢問。

並不是懷疑達也別有居心。

深雪會對達也與其他異性的交情表達猜忌之意，只是兄妹之間平凡的互動。達也不會在這方面加入私情，深雪非常清楚這一點。

「我並不是在懷疑妳的實力，但在視線不良的狀況下，有可能會發生意外狀況。妳不需要背負風險，艾莉卡會幫忙抓住壬生學姊。」

如果選擇最短路線前往門口的話，肯定會和留在一樓的艾莉卡碰個正著。而且依照紗耶香的模樣，她應該沒有精神上的餘力選擇繞路逃離。

「但我認為艾莉卡沒理由熱心到這種程度……」

「前提是對方並非壬生學姊。」

執著於特定對手的這種心情，深雪不太能理解。

因為對她來說，戰鬥是必須迴避的行為，如果無法迴避就必須取勝。

無論對手是誰都一樣。

無論對手是何方神聖，總之就只是敵人，其他要素完全無關緊要。

不過依照習得的知識，她知道某些人會對於交戰對手有所執著。

「這樣啊，既然交給艾莉卡，應該就沒問題了。」

所以深雪決定將紗耶香交給艾莉卡處理，協助哥哥綁住這些恐怖分子暨竊盜犯。

◇　◇　◇

紗耶香幾乎是以反射動作在行動。

晶陽石戒指是組織借給她，用來逃走的王牌。

她是接受「魔法使用者」教育的學生，也知道「演算干擾」的性質與極限。

不，由於有實際使用的經驗，所以她在這方面的知識，比普通魔法師還要詳細。

這枚戒指沒有打倒魔法師的能力。

只能妨礙魔法發動的「演算干擾」，唯一的用途是迴避魔法攻擊。

光是如此，贏不了那名一年級學生。

當時的他，展現出某種前所未見的犀利招式。

那名一年級學生的武技，深深烙印在她的眼底。

領導者出借這枚戒指時，曾經反覆叮嚀。

這枚戒指要用在逃走的時候。

烙印在眼底的光景，以及刻畫在耳中的話語，如今操縱著她的四肢。

後方傳來物體落地的聲音。

沒有人跟著她一起逃出來。

她知道同伴被打倒了。

然而思緒痲痺的她，腦中甚至沒有「回去救他們」這個選項。

就只是依照計畫失敗時的教戰守則，受到「返回組織位於校外的中途基地」這種強迫觀念的指使，跑過走廊沿著樓梯衝下樓。

她在此時停下腳步。

「學姊，初次見面～」

有一名女學生──既然稱呼紗耶香「學姊」，應該是一年級吧──雙手放在身後，笑咪咪擋住她的去路。

「……妳是誰？」

紗耶香的聲音將戒心表露無遺。

然而，一年級學生的開朗表情沒有變化。

「我是一年E班的千葉艾莉卡。

為求謹慎我想要和您確認一下，您就是前年劍道大賽國中女子組全國亞軍的壬生紗耶香學姊沒錯吧？」

一股不明的衝擊襲擊紗耶香。

意識深處，自己看不見的內心某處，傳來一陣宛如竹劍劈打的痛楚。

「……是又怎麼樣？」

紗耶香隱藏這股衝擊與痛楚，如此回問。

「不不不，沒怎麼樣啊。

我只是想確認一下。」

艾莉卡依然將雙手放在身後。

然而，毫無破綻。

她纖細的身體要封鎖走廊是無稽之談，紗耶香卻找不到能夠鑽過去的「縫隙」。

而且……她藏在身後的雙手，是空的嗎？

沒有拿任何東西嗎？

「……我有急事，能讓我過去嗎？」

後方沒有追兵的氣息。

然而如果是那名學弟，要隱藏氣息接近或許是輕而易舉。

紗耶香壓抑著焦急的情緒，儘可能使用溫和的語氣。

——不過她早就知道，能夠直接離開這裡的機率趨近於零。

「學姊要去哪裡？」

「與妳無關吧？」

「意思是……您不打算回答？」

「沒錯。」

「看來交涉決裂了。」

艾莉卡以開懷的語氣如此宣告。

雖然這種說法亂七八糟，不過紗耶香也早就明白，對方從一開始就不打算放她走。

紗耶香迅速看向兩側。

很不巧，她身上沒有武器。

雖然帶著ＣＡＤ，但若要使用魔法，自己擁有的唯一優勢「演算干擾」將無法使用。

地上的銀灰色短棍映入視線一角。

是她同伴帶來的電擊棒。

長度不太夠，但是可以當成慣用武器的替代品。

紗耶香注意著不被對方察覺，緩緩壓低重心。

將身體的力量集中在雙腳。

猛然縱身一躍。

她一個翻身撿起短棍，立刻朝著擋路的女學生擺出架式。

艾莉卡露出無可奈何的表情看著這一幕。

「其實用不著這麼慌張，我會給學姊拿武器的時間……」

紗耶香的臉蛋一下子漲紅。

稱不上獨角戲，只算是出洋相。為了隱瞞這股尷尬與害羞，她瞪著艾莉卡放聲大喊。

「讓路！不然給妳好看！」

「這樣就構成正當防衛的理由吧？

但我也不打算用這種藉口就是了。」

艾莉卡以掃興的聲音輕聲說完之後，把藏在身後的雙手移到前面。

右手是伸縮警棍，左手是貨真價實的脇差。

接著，艾莉卡將左手的武器扔在一旁。

「那麼學姊，來較量一下吧。」

艾莉卡說完將右手舉到前方。

紗耶香也擺出架式，將武器移到正面，左手放在右手上。

紗耶香是雙手中段架式，艾莉卡則是單手側身的架式。

起招非常唐突。

沒有預先以劍尖互擊示意，也沒有勇猛吆喝。

在看到艾莉卡有所動作的瞬間，她的警棍已經進逼到紗耶香的頸子。

紗耶香連忙舉起武器，將警棍往上方架開。

深植於體內的反射性防禦動作，使得紗耶香好不容易擋下攻擊——原以為如此，不過在下一瞬間，對方已經繞到紗耶香的身後了。

紗耶香立刻轉身，只憑直覺將電擊棍直握。

幾乎會被震飛的這股衝擊，紗耶香緊握武器撐了下來，並且試圖按住警棍成為互比力氣的場面，然而對方的身體已經瞬間離開攻擊間距了。

「自我加速術式……？」

紗耶香輕聲說著。

艾莉卡沒有回應。

「……和渡邊學姊一樣？」

然而她接下來這句話，使得艾莉卡停下腳步。

這只是一瞬間的停滯，卻是足以創造轉機的空檔。

艾莉卡正要再度踏出腳步時，被充斥於走廊的刺耳噪音阻止。

聽不見的想子雜訊。

紗耶香朝著蹙眉的艾莉卡轉守為攻。

毫無喘息餘地的連續攻擊。

面、面、小手、胴、斜砍、上劈、面、逆斜砍……

從劍招就可窺見，不只是屬於運動項目的劍道，紗耶香也有古流派劍法的好底子。

攻勢，侵掠如火。

正如「風林火山」這句名言所述，宛如烈火的攻擊。

想子雜訊不知何時消失了。

這是理所當然的事情。

「演算干擾」是將想子輸入晶陽石發動的技能。

要是停止輸入想子，就會停止釋放雜訊。

充斥於室內的雜訊，也終將衰退消滅。

現在的紗耶香全神貫注施展劍招，不可能有餘力維持「演算干擾」。

現在是隨時都能發動魔法的狀態，而且不論紗耶香的攻擊再怎麼犀利又猛烈，也比不上身體搭配魔法產生的速度。

即使如此，艾莉卡還是沒有使用魔法的意思。

因為沒有餘力建構魔法式？

艾莉卡是曾經在編譯實技陷入苦戰的二科生。

但艾莉卡的CAD是有速度優勢的特化型，她也慣於使用這種特殊形狀的CAD。

而且警棍上的刻印術式，即使受到「演算干擾」的影響，也能穩定接受想子供給。

只要艾莉卡架開對方拉出距離，應足以發動她的拿手魔法。

而且她看起來，不像是陷入困境無法架開對方。

與「宛如烈火」這樣的稱讚不同，紗耶香的攻擊可說是毫無章法。

艾莉卡以毫不拖泥帶水的動作，防禦或架開對方的每一招。

她的眼神沒有焦慮。

呼吸也沒有紊亂。

氣息率先紊亂的人，是看起來進攻到疲累的紗耶香。

局勢瞬間改變。

攻守互換。

艾莉卡以毫釐之差閃避這記上劈，在紗耶香的短棍靜止時，以警棍使勁橫砍。

瞄準根部的這一記，使得構造比木刀或棍棒脆弱的電擊棒應聲折斷。

「…………」

紗耶香毫不畏懼地瞪著進逼到眼前的警棍。

她的雙眼蘊含堅定的鬥志。

「撿吧。」

艾莉卡沒有移動手中的武器就如此宣告。

「…………」

聽不懂話中含意的紗耶香沒有回應。

「撿起旁邊地上的脇差，展現妳的全力吧。

那個女人的幻影束縛著妳，我會幫妳粉碎這個幻影。」

紗耶香無視於眼前的警棍蹲下去。

撿起艾莉卡扔在地上的脇差之後，再度擺出架式。

此時她想到某件事而解除架式，將左手放在右手。

右手中指的黃銅色戒指散發著光澤。

她取下這枚戒指扔到地上。

「我不要靠這種東西。

我要以自己的力量戰勝這一招。」

紗耶香脫下制服上衣。

第一高中的女學生制服，是無袖連身裙搭配西裝式上衣。

如今紗耶香從肩膀到手指裸露在外，整條手臂完全不受拘束。

紗耶香反轉刀刃。

以刀背出招，是無視於刀身構造的攻擊方式，只會增加斷刀的風險。

即使要背負這種風險，也不願意因為害怕誤殺對手，使得劍招的犀利程度打折扣。紗耶香擺出這樣的架式。

「我明白。」

兩人各自擺出架式對峙。

「妳的招式與渡邊學姊師出同門。」

「我的招式與那個女人相比，別有一番風味。」

彼此只各說了一句話。

接下來，沉默籠罩全場。

沉默轉變為緊張，緊張讓位給緊迫。
緊迫氣氛達到最高潮的瞬間，艾莉卡消失了。
剎那的交錯。
響起尖銳的金屬聲響。
難以用肉眼辨識，艾莉卡以魔法加速的這一招，紗耶香確實擋下了。
擋下了這招獨門奧義。
脇差從紗耶香的手中滑落。
緊接著，紗耶香按住右手跪了下去。
「抱歉，學姊。
可能骨折了。」
「……有裂開。
沒關係，這就代表妳沒辦法放水。」
「嗯。
學姊，妳可以引以為傲。
因為妳剛才讓千葉家的女兒使出真本事了。」
「原來如此……妳是那個千葉家的人。」

「正如學姊的推論。

順帶一提，渡邊摩利是我家的門生。

那個女人是目錄，我是印可（註：日本武術段位名稱，各流派不盡相同，由低而高有「切紙」「目錄」「印可」「免許」「皆傳」等）。

如果只比劍術實力，我在她之上。」

這番話使得紗耶香淺淺一笑。

這是一張飄渺卻純真的笑容。

「這樣啊……

噯，雖然這個請求很任性，不過可以幫我叫擔架過來嗎？

總覺得…意識開始…模糊……」

紗耶香就這麼無力倒下。

艾莉卡小心翼翼抱起她的身體。

並且在昏迷不醒的紗耶香耳際悄悄細語。

「學姊，請放心。

有個溫柔的學弟會送學姊就醫。」

◇◇◇

「所以，妳要我送壬生學姊去保健室？」

對於達也這個理所當然的疑問，艾莉卡毫無愧疚之意點了點頭。

「放心，沒有很重。」

「不，並不是這個問題。」

「能用光明正大的理由抱起可愛的女生，這時候應該開心才對。」

「我沒興趣為了這種事開心……不，也不是這個問題。」

「……我一直隱約在想，達也同學難道對女性沒興趣？

難道你是那種性向？」

「妳說的『那種性向』是哪種性向？」

「同性戀。」

「怎麼可能！

我說啊，問題不在這裡，明明只要找擔架過來就好，為什麼非得要我用抱的？」

深雪就只是發出銀鈴般的笑聲。

達也對抗著逐漸累積的徒勞感，試著讓艾莉卡理解世間常識——不過事到如今，他已經處於半放棄的心態了。

「當然是因為這麼做的話，壬生學姊一定也會很開心囉！」

達也不由得啞口無言。

不講理到這種程度，要以道理說服她很困難。

也可以說束手無策了。

「哥哥，其實無妨吧？

即使不是分秒必爭的重傷，能夠早點治療依然再好也不過。

我認為哥哥抱學姊送醫是最快的方法。

總之，繼續僵持下去也沒完沒了吧？

因為對方是艾莉卡。」

「等一下，深雪，這是什麼意思？」

「唉，妳說得沒錯，不得已了。」

「等一下，達也同學，你怎麼也順水推舟攻擊我？

二對一太卑鄙了吧！」

「哎呀，我自認是站在艾莉卡這邊耶。」

「騙人！絕～對是騙人的！」

艾莉卡哇哇大喊，深雪若無其事當作耳邊風。達也將她們這段會心一笑（？）的互動當成背景音樂，輕輕抱起紗耶香。

沒有因為力道過強導致身體晃動。動作非常流暢，看不出他是朝哪裡施力。

「嗯，達也同學果然好厲害。」

艾莉卡頻頻點頭，不知為何一副很佩服的模樣。但要是繼續應付她的話，大概又會浪費不少時間，所以達也直接踏出腳步。

昏迷不醒的紗耶香，看起來宛如在安穩熟睡。

◇　◇　◇

劍道社男子組主將司，以行動終端裝置的監視功能得知潛入圖書館的部隊遭到逮捕，認為如今非得向擔任Blanche日本分部領導者的哥哥請求指示才行，而且十萬火急。

雖說是哥哥，不過其實兩人是家長再婚之後成為一家人的義兄弟，但是司如今信任他的程度更勝於親生父母。記得在家長當初再婚的時候完全不想和他打交道，卻不知何時回過神來就變成此等交情了。

「是何時開始」的這個念頭出現在意識表層後，立刻在雜訊之中消失。察覺到自己在一瞬間恍神（這裡的瞬間是當事人的感受），司搖頭提醒自己沒有閒工夫發呆。在校區使用無線通訊太危險了。雖然沒有遭到竊聽，而且只要是進行普通的通訊就完全不用在意，但現在處於緊急狀態，最好要認定目前的對外通訊，包含有線與無線都受到校方的監控。

司不認為離開學校是一件難事。現在是緊急狀況，卻不是戰爭或是內戰狀態。校外也沒有進行槍戰。即使會嚴格管制校外人士進入，也不會阻止學生放學離校。

雖然司如此判斷，不過很遺憾，狀況違背了他的預料。

「這不是劍道社的司嗎？你要回去了？」

想避免他人起疑的司，在光明正大要走出正門時，有人從後方叫住他。

雖然稱不上朋友，卻是熟悉的聲音。

轉身看去，眼前站著一名同樣是三年級的學生。他身高不高，但體格壯碩，上半身頗為厚實（當然不是贅肉，是肌肉），很適合以魁梧來形容。手臂戴著風紀委員的臂章。

「辰巳……沒有啦，以這種騷動來看，今天的社團活動已經只能中止了吧？所以我想趕快回家迴避。」

貿然展現慌張的神情，是最要不得的事。司如此告誡自己，努力以平靜的聲音回應。

「這樣啊，嗯，說得也是。今天各社團應該沒得進行活動了。」

「嗯，就是這麼回事。那我走了。」

司正要說出最後的「再見」兩個字，卻沒能把話講完。

「喔，且慢，在那之前我有個問題想問。」

心臟激烈跳動。

「問我？」

司好不容易掩飾慌張情緒，努力裝出詫異的表情。

「對，就是問你，司。」

辰巳的聲音煽動著司的不安情緒，司覺得他的語氣就像是已經知悉一切。

「我家的委員長，有個令人不予置評的專長。」

他毫無脈絡可循——似乎如此——忽然提這個話題，但是司絲毫無法降低戒心。

「委員長可以操作氣流混合複數香料，不必使用非法藥物就能調合自白劑。」

司好不容易抑制自己差點脫口而出的哀號聲。

然而，這是無謂的努力。

「司，用不著勉強裝得若無其事。你應該已經明白了吧？

已經證據確鑿了。唆使那些傢伙的主謀就是你。」

司默默轉過身去。

雖然自己是不擅長魔法技能的二科生，但司對於劍道的鍛鍊成果以及高速移動的魔法很有自信。辰巳看似笨重，其實是三年級之中屈指可數的速度型戰士。但如果是長程奔跑，司相信自己擁有優勢。

司如此心想，但他僅僅才踏出一步，計畫就瓦解了。

「司學長！請您乖乖和我們走一趟！」

氣勢充足到煩人的聲音擋住他的去路。正確來說是發出聲音的人擋住去路。

「澤木……你們兩人為什麼會在這種地方？」

司宛如呻吟如此說著。事發地點是圖書館門口，實力在風紀委員之中首屈一指的這對搭檔，為什麼會在這種地方？司會這麼想並非不可思議。

「沒發現嗎？我們找了擁有遠距透視系技能的人幫忙，今天一整天都在看著你。你完全沒有露出馬腳，我們還以為撲了個空，卻在你想逃走的時候逮到機會了。」

司聆聽辰巳愉快述說的聲音從後方傳來，下定決心強行突破。

要突破就得從澤木這邊。以司所處的現狀，回到校舍是自殺行為。

但澤木雖然還是二年級，卻是本校在「中式魔法武術」這種魔法近戰格鬥術的第一把交椅。

手無寸鐵的司毫無勝算——正面交鋒的話是如此。

司抽掉右手的護腕。

護腕底下是又細又薄的黃銅色手鐲。是晶陽石手鐲。

他發動了「演算干擾」。

在這種地方散發干擾波，就等於大聲宣布自己是那群人的同夥。司明白這一點，但現在不是考慮這種事的狀況。必須想辦法克服這個困境，與哥哥取得聯繫——近乎強迫觀念的這種想法，支配著司的行動。

司朝著蹙眉的澤木突擊。「中式魔法武術」終究是以魔法輔助身體發揮強大戰力的魔法技術，在無法使用魔法的狀況，即使是赤手空拳，自己不以魔法輔助為前提的「劍道家」招式應該會贏。如此相信的司朝著澤木出招。

他的手刀被澤木輕易架開。

側腹遭受猛烈的打擊。澤木的手肘打入司的腹部。

「司，你誤會了。」

辰巳俯視著倒落在地面的司，以同情的語氣輕聲說著。

「澤木就算不使用魔法，也不是等閒之輩，很多傢伙的觀念都是錯的。到頭來，不使用魔法就沒啥本事的傢伙，如果再加上魔法這種額外的玩意兒，想隨心所欲行動都是難事。」

痛得呻吟的司根本無法回應。澤木默默把司綁了起來。

◇◇◇

保健室裡，眾人正準備聆聽紗耶香的供述。

由於還得治療右手傷勢，校醫原本加以限制，避免當事人情緒過於激動，但如今紗耶香自己希望說出一切。

真由美、摩利、克人，學生三巨頭齊聚一堂聆聽供述。推定是主謀的司甲遭到逮捕，表面上的混亂已經全部鎮壓，但詳細情形依然幾乎不得而知。來自校外的入侵者，已經由教職員拘留準備扭送警局。雖然三人分別是學生會長、社團聯盟總長與風紀委員長，然而只要是處於學生立場就不能干涉。另一方面，司現在還不是能夠訊問的狀態，所以紗耶香是現狀唯一能打聽本次事件詳情的情報來源。考量到這一點，真由美他們三人會齊聚於此，並不值得詫異。

話題從紗耶香被拉攏為他們的同伴開始說起。

去年，紗耶香剛入學，司就立刻前來打交道；當時的劍道社，已經有不少人贊同司的理念；不只是劍道社，還虛設學生們自主練習魔法的小團體進行思想改造。這些人在第一高中內部，投注超乎想像的時間打下穩固的基礎，這樣的事實令真由美等人驚訝以對。

聽完紗耶香這番話，受到最大打擊的應該是摩利。不過相較於真由美與克人，她受到的打擊來自另一個原因。

「抱歉，我心裡沒有底……」

摩利露出訝異的表情，艾莉卡朝她投以帶刺的視線。

然而摩利沒有餘力注意這樣的視線。

「壬生，這是真的？」

摩利以透露狼狽情緒的聲音如此詢問，紗耶香低下頭去，時間不到一秒。

再度抬起頭的紗耶香，以釋懷的表情點了點頭，並且同樣以釋懷的語氣回答。

「現在回想起來，我國中時代被稱為『劍道小町』之後，就開始得意忘形。所以在入學當初，我在劍術社的招生示範賽，見識到渡邊學姊高超的魔法劍技，主動出面向學姊討教卻被冷漠回絕時，我受到很大的打擊……

學姊不肯接受我的請求，肯定因為我是二科生，我想到這件事就好難過……」

「慢著……等一下。

妳提到去年的招生週，應該是我教訓劍術社不准太亂來的那個時候吧？

我記得當時的事情。

也沒有忘記妳曾經想找我討教。

但我並沒有冷漠回絕妳啊。」

「造成傷害的人不明白受傷的人有多痛，這種事很常見。」

摩利正經露出納悶的表情，艾莉卡則是以酸溜溜的語氣如此責難。

「艾莉卡，暫時別說話。」

不過達也開口制止了。

「怎麼回事？達也同學站在渡邊學姊那邊？」

「先靜靜聽她說吧，有什麼責備或評論都等聽完再說。」

當面受到這樣的斥責，艾莉卡雖然表情有些不滿，卻還是閉嘴了。

經過短暫的沉默，紗耶香頗為難過地開口反駁。

「當時學姊說，我不夠格當對手，這樣只是浪費時間，要我選擇適合自己的對手……

剛升上高中，就被崇拜的學姊這麼說……」

「慢著……不對，慢著。

壬生，這是誤會。」

「啊？」

「記得我當時是這樣說的。

——不好意思，以我的實力無法擔任妳的對手，只會浪費妳的時間。不要找我，妳還是尋找其他配得上妳實力的對象練習——這樣。

不是嗎？」

「咦，那個……這麼說來……」

「何況，我不可能對妳說出『妳不夠格當對手』這種話。

因為妳當時的劍道造詣，就已經在我之上了。」

紗耶香兩眼發愣凝視著摩利，真由美代替她提出詢問。

「摩利，等一下。

所以妳是因為壬生學妹比妳強，才婉拒陪她切磋？」

「正是如此。

如果加上魔法，我或許在她之上……

不過我所學習的劍技，是以『劍與魔法並用』作為大前提，身體動作與武器的使用方式，都是為了讓魔法發揮到極限。

壬生專精修習劍道，我不可能只以劍技勝過她。」

「那麼……原來是……我誤會了……？」

一陣尷尬的沉默溜進保健室，並且緩緩擴散開來。

「總覺得我好像笨蛋……

一廂情願，誤會了學姊……貶低自己……

出自誤解的憎恨，害我白白浪費了一整年……」

沉默之中，只有紗耶香的嗚咽持續響起。

「我覺得沒有白費。」

打破沉默的人是達也。

「……司波學弟？」

紗耶香抬起頭來。達也筆直注視她的雙眼，以清晰易懂的口吻繼續說著。

「艾莉卡看到學姊的身手時，曾經說過這番話。

相較於艾莉卡當年認識的壬生學姊──於國中大賽得到亞軍的『劍道小町』，如今學姊的劍技強得判若兩人。

經由怨恨與憎恨得到的實力，或許是一種可悲的實力沒錯。

然而這份實力，毋庸置疑是壬生學姊自我提升而成的劍道造詣。

沒有因為憎恨而裹足不前，沒有因為嘆息而自甘墮落，學姊自我磨練更上層樓的這一年，我認為絕對沒有白費。」

「…………」

「變強的契機有很多種。

自我努力的理由，應該是成千上萬數不清吧。

在學姊否定這些努力、時間與成果時，才是真正白費了投注心血努力的這段歲月。」

「司波學弟……」

紗耶香仰望達也的雙眼，淚如雨下。

然而這時候的她，臉上確實浮現著笑容。

「司波學弟，我只有一個請求。」

「請說。」

「可以稍微靠過來嗎？」

「這樣？」

「再一步。」

「嗯……」

氣氛變了，場中散發出輕鬆的氣息。

然而……

「那麼，拜託你了。」

這股氣息，立刻轉變成驚愕。

「就這樣別動。」

因為紗耶香緊緊捏住達也的衣服，將臉埋進他的胸膛。

「嗚…嗚嗚……」

嗚咽很快就變成痛哭。

紗耶香靠在達也胸前號啕大哭。

在眾人露出驚慌表情轉頭相視的狀況之中，達也默默地摟住她纖細的肩膀，深雪見狀則是低下了頭去。

好不容易恢復平靜的紗耶香，親口證實幕後操控同盟的組織是Blanche。

「哥哥，正如先前的預料。」

「不過猜得太準了，沒什麼趣味可言。」

「委員長，現實就是這麼一回事。」

那麼，問題在於……」

差點離題的討論走向，被這句無趣的處事格言拉回來了。

「那些傢伙目前躲在哪裡。」

達也就像是早已定案般，說出今後的行動方針。

「……達也學弟，你難道想要和他們打一場？」

「這樣的說法並不正確。不是和他們打一場，是去擊潰他們。」

真由美戰戰兢兢如此詢問，達也則是形容得更加激烈，毫不猶豫就如此回應。

「這樣很危險！超過學生的分際了！」

率先反對的是摩利。

雖然僅限於校內，但她總是站在危機處理的最前線，所以就某種意義來說，她理所當然對於危險的事情特別敏感。

「我也反對。校外的事情應該交給警方處理。」

真由美也露出嚴肅的表情搖頭。

「那要以強盜未遂的罪名，將壬生學姊送上民事法庭嗎？」

然而達也的這番話，令她繃緊表情啞口無言。

「原來如此，警方介入並非好事。」

就算這麼說，也不能就這樣置之不理。

這是為了避免類似的事件再度發生。

不過啊，司波……」

克人炯炯有神的目光，貫穿達也的雙眼。

「對方是恐怖分子，一個不小心就攸關生死。

無論是我、七草或渡邊，都不會要求本校學生冒著生命危險行事。」

「我認為這是理所當然的。」

但是達也無視於這對目光流利回應。

「我從一開始就不打算藉助委員會與社團聯盟的力量。」

「……你想一個人去？」

「我原本很想這麼做，不過……」

「我要陪同。」

間不容髮傳來的妹妹聲音，使得達也露出苦笑。

「我也要去。」

「我也是。」

艾莉卡與雷歐依序表達參戰意願。

「司波學弟，如果是為了我而這麼做，求求你打消念頭。

會長說得沒錯，交給警方處理吧？

我不要緊，因為我只是接受應得的懲罰。

要是司波學弟與大家因為我而出事，我才會無法承受。」

紗耶香連忙開口勸阻，然而達也轉身露出的表情，並不適合用來回應她的誠意。

「並不是為了壬生學姊。」

冷漠斷言的語氣，使得紗耶香一副受到打擊的樣子沉默不語。

「我的生活空間成為恐怖攻擊的目標，我已經是當事人了。可能影響我與深雪日常生活的要素，我會悉數排除。這對我來說是第一優先事項。」

看起來不像是故意裝壞，避免讓紗耶香感受到負擔的貼心舉動。

雷歐、艾莉卡、真由美與摩利，即使並不像深雪那樣地熟悉達也，也大致能夠明白達也說的是真心話。

藉由那雙宛如冰刃的視線明白。

不是因為憤怒，也不是因為鬥志。達也把「危險恐怖分子會被除掉」當成既定的未來述說，這番話裡的自信——或者是決心——連克人都說不出話來。

「不過哥哥，要怎麼查出Blanche的大本營？」

壬生學姊知道的中途基地應該早就撤除了，我不認為那裡還會留下明顯線索。」

在這樣的氣氛之中，只有深雪一如往常詢問哥哥。

「也對，司學長那邊應該也一樣。

與其說沒有留下線索，應該說打從一開始，中途基地就沒有任何東西能當成線索。」

「那麼？」

達也嘴裡說沒有線索，看起來卻不像是很困擾的樣子，深雪不禁催促哥哥繼續回答。

「不知道的事情，找知道的人打聽就行了。」

「……知道的人？」

「達也，你有人選？」

達也沒有回答艾莉卡與雷歐的詢問，而是默默打開保健室的門。

「小野老師？」

隨著真由美的聲音，身穿褲裝的遙露出隱含困惑的尷尬笑容。

「……還以為不會被九重老師珍藏的高徒發現，我的想法果然太天真了嗎……」

露出苦笑的她，以毫無悔意的語氣如此說著，說話的對象則是達也。

面無表情的達也，以稍微無可奈何的語氣回應。

「您明明不打算隱藏氣息吧？

要是太常說謊，您遲早會連自己真正的想法都混淆。」

「我會注意的。」

遙以達也邀請入室的形式走到床邊。

她微屈身體，與坐在床上的紗耶香目光相對。

「看來不要緊了。」

「小野老師……」

「對不起，我沒能幫上忙。」

紗耶香搖搖頭。遙把手放在她的肩上，仔細觀察她的雙眼一陣子之後離開床邊。

「小遙，妳知道Blanche這個組織的根據地嗎？」

場中終究沒人以「她是誰？」這種老套的方式裝傻。

相對的，一個未曾聽過，不太適合出自雷歐口中的奇妙稱呼傳入耳中。

「小遙？」

「咦？達也，你不知道？」

達也認為這是理所當然的疑問，不過聽雷歐這麼反問，達也不知道該如何回應。

「我們班上所有人都這麼叫啊。

而且小遙也說可以這樣叫她。」

「不是所有人，只有部分男生這樣叫我。

達也同學，不可以被騙。」

「嗯，嗯……」

出乎意料的這場短劇，使得緊張感迅速跌停板。

不過達也換了一個想法。比起不小心把場面弄得過度緊張，這種氣氛或許比較好——但這種想法應該有一部分是用來說服他自己。

「——那麼，小野老師。」

「明明叫我小遙就好……」

當事人出乎意料如此搞笑，達也好不容易才維持緊張的心情，沒有受挫。

「……小野老師，事已至此，您不會假裝不知情吧？」

「真不配合。」

「…………」

「……咳咳。」

或許是達也投過來的白眼視線，使得遙覺得再怎麼樣也不能玩下去了，因此輕咳兩聲——不過咳嗽的動作還是做作到不必要的程度——改為正經的態度。

「方便開地圖給我嗎？這樣比較快。」

達也默默取出情報終端裝置。

展開螢幕，執行地圖應用程式。

遙也取出終端裝置——比達也使用的款式輕便時尚許多——啟動雷射通訊功能。

程式依照接收的座標資料顯示地圖，以光點標示座標位置。

「……根本就是近在咫尺吧？」

「……我們還真是被看扁了。」

如同雷歐與艾莉卡的憤慨情緒所示，距離近得從這裡徒步也不用一個小時。

達也調整比例尺，切換為更詳細的地圖。

是蓋在郊外丘陵地帶，生化燃料的廢棄工廠。

「……自從這座工廠被查出是生態恐怖分子的藏身處之後，相關人員就宛如連夜潛逃般拋棄工廠了。」

達也朗讀附件的內容。

「是趁著政府當局沒注意的時候又跑回來？」

「意思是他們系出同源？」

雖然使用疑問句，不過看摩利與真由美的表情，就知道她們抱持相同看法。

「依照工廠棄置的模樣來看，應該沒有私藏劇毒物品。」

「是的，我們也沒有查出裡面藏有生化武器。」

遙點頭回應克人的輕聲推論。

「開車過去應該比較好。」

「因為使用魔法會被發現？」

「開車也一樣會被發現。對方應該已經嚴陣以待了。」

　達也會以「當事人」自稱，並不只是因為遇襲的第一高中是他就讀的學校。恐怖分子企圖劫取非公開的魔法技術，既然這樣，他擁有的那項技術，肯定也是恐怖分子的目標。司甲之所以暗中襲擊，達也推測應該也是在測試那個技術的效果。

「要採取正攻法吧？」

「這應該是最能出乎對方意料的方式。」

先不提達也，連深雪都理所當然說出這種好戰字眼，兩人就這樣擬定攻略方針。

克人表達贊同之意。

「也對，這是妥善的策略。車子由我來準備吧。」

「咦？十文字同學也要去？」

真由美的疑問，同時也是達也的疑問。

克人不像是會阻止部屬參戰卻親自上前線的類型。

「身為十師族之十文字家的一分子，這是理所當然的職責。

然而不只如此，身為第一高中的學生，我也無法坐視這種事態。

而且不能只交給學弟妹處理。」

「……既然這樣……」

「七草，妳不能去。」

「真由美，在這種狀況，要是學生會長不在會很麻煩。」

「……明白了。」

在兩人聯手說服之下，真由美心不甘情不願點頭允諾。

「不過既然這樣，摩利，妳也不能去。因為可能還有餘黨躲在校內，要是少了風紀委員長會出問題。」

這次輪到摩利心不甘情不願點頭允諾。

克人無視於這兩名女學生的對峙（？），轉頭看向達也。

「司波，你要立刻出發嗎？這樣有可能會成為夜間戰鬥。」

「不會花這麼多時間，我會在日落之前解決。」

「這樣啊。」

克人大概從達也的態度感受到某些東西了。

他沒有進一步詢問，示意要去開車之後就離開保健室。

「我知道總長與會長是十師族……不過小遙是何方神聖？」

「這件事之後再說，出發吧。」

雷歐提出這個沒人刻意提及的問題，達也則是將這個問題擱置。

繼達也與深雪之後，雷歐與艾莉卡也離開保健室了。

克人開來的車子是大型的越野車。

而且副駕駛座坐著一名追加成員。

「喲，司波兄。」

「桐原學長。」

「看來你沒有很驚訝。」

「……不，我相當驚訝。」

主要是驚訝於他的稱呼方式，不過這時候還是避免禍從口出。

「司波兄，也讓我參加吧。」

「請自便。」

達也不知道桐原到底是基於什麼心態如此要求。

不過時間寶貴，多說無益。

達也就這麼坐上越野車，妹妹與朋友們也隨後上車。

【11】

在染成暗紅色的世界之中──

反射夕陽光芒疾馳的大型越野車──

衝破工廠緊閉的門扉。

「雷歐，辛苦了。」

「……沒什麼，小事一樁。」

「你已經在累囉。」

時速破百行駛於顛簸路面的大型車輛即將撞門時，對整輛車施加硬化等魔法。忽然被要求使出這種高等魔法的雷歐，因為大幅消耗集中力而頗為疲累。

「司波，這是你擬定的作戰，由你下達指示。」

達也點了點頭，毫不退縮地接下克人交付的權責。

「雷歐，你負責確保退路。

艾莉卡負責協助雷歐，並且解決想逃走的傢伙。」

「……不用抓起來嗎？」

「沒必要背負無謂的風險，以安全確實的方式解決掉。

總長請和桐原學長順時針繞到後門。

我與深雪直接從正面闖入。」

「明白了。」

「好吧，逃出來的老鼠，我會砍得一隻都不留。」

「達也，小心點啊。」

「深雪，不可以太勉強自己喔。」

受命留下來的雷歐與艾莉卡，也沒有發出不平之鳴。

桐原握著已經出鞘的劍——不過沒開鋒——飛奔而去，克人悠然跟上。

達也與深雪，以彷彿就像是光顧ＧＭＳ（General Merchandise Store／綜合超市）的腳步，進入昏暗的工廠。

◇◇◇

遭遇敵人的時間出乎意料地早。

達也毫不在意是否有地方掩蔽就前進，因為對方也是在大廳樓層光明正大列隊以待。

「歡迎光臨，初次見面，司波達也！旁邊這位小公主，應該是令妹深雪吧？」

「你是Blanche的領導者？」

男性以誇張的動作張開雙手擺出歡迎姿勢，達也則是冷淡地如此詢問。

對方年齡似乎是三十歲前後，意外年輕。

高瘦的體格加上無度數的無框眼鏡，外型看起來像是學者或律師。

「喔喔，恕我失禮。如你所說，我就是Blanche日本分部的領導者，司一。」

感受不到威嚴之類的氣息。雖然可能是偏見，但達也對這名男性的印象，是常見的因虎頭蛇尾而失敗的智慧型革命分子。

不過，他這種誇張又自我陶醉的言行舉止深處，呈現出某種漆黑的深淵。隱約窺視得見的濃密狂人氣息，非常適合他這種玩弄人心與人命的恐怖組織領導者。

「這樣啊。」

達也即使認知到這股狂人氣息，卻連眉頭都不皺一下。無論是地獄、煉獄或是修羅界，對他來說只是司空見慣。達也沒有重新詢問對方與劍道社主將司甲的關係，就只是回一句話並且點了點頭而已。

達也不是以話語，而是以態度表達自己的意圖。他從肩掛槍套拔出銀色的ＣＡＤ。

「嗯，那是ＣＡＤ吧，我還以為你至少會帶把手槍過來。不過你毫不藏身就來到這裡也真有膽量。即使是再怎麼高明的魔法師，被子彈打中也會死吧？」

「我不是魔法師。」

即使暗示狙擊的可能性，對方的反應卻出乎意料。這點使得Blanche的領導者刻意裝出了驚訝的神情。

「喔喔，對喔，你還是學生。你的態度過於落落大方，害我差點忘了。」

「你這個人真多話。也對，你的工作原本就是用話語煽風點火。」

「年紀輕輕講話卻這麼不留情。還年輕就老是講得好像洞悉一切，這樣不會太死板嗎？照這個樣子來看，你遲早會連氣都喘不過來吧？」

誇張的語氣與動作，宛如自我陶醉的話語。

然而達也不打算配合司一的滑稽戲碼。

「我姑且發出投降勸告吧。所有人扔下武器，雙手舉高放在頭後。」

「哈哈哈哈哈，記得你是不擅長魔法的雜草吧？喔，恕我失禮，這是歧視用語。不過，你這份自信來自於哪裡？如果你認定魔法是至高無上的力量，那就大錯特錯了。」

放聲大笑使得狂人氣息更顯濃厚的司一舉起右手。

並排在兩側，合計超過二十人的Blanche成員，同時舉槍瞄準。

不只是手槍，甚至有人使用衝鋒槍或突擊步槍。

「交涉必須基於對等的立場才能成立，所以我也給你一個機會。司波達也，成為我們的同伴吧。

弟弟曾經告訴我，你無須晶陽石就能使用演算干擾，我對這種技術非常感興趣。本次的作戰，我們也投注了很多的心力。光是將不懂世事的學生們教育到派得上用場，就用掉相當多的時間與成本。如今你將這一切化為烏有，實在是令人憤怒又無法原諒的事情。不過只要你成為我們的同伴，我就將這一切付諸流水吧。」

浮現冷笑的那張臉，將瘋狂偽裝成正常的那雙眼，如果在場的不是達也，應該難免會感到恐懼。如果不是達也相伴，深雪肯定會起雞皮疙瘩。

「你的目標果然是這個。

你利用壬生學姊接觸我，派弟弟暗中襲擊我，全部都是為了刺探那項類似『演算干擾』的技術，沒錯吧？」

「嗯，我欣賞聰明的孩子。

但你明知如此還大搖大擺來到這裡，證明你終究是個孩子。

雖然這麼說，孩子總是有著倔強的個性。

即使知道毫無勝算，應該也不會乖乖聽話吧。」

「那你要怎麼做？」

「我想想……那就這麼做吧。」

接下來的行徑，比起學者更像是魔術師。

他以充滿表演性質的動作扔下無度數眼鏡，撥起瀏海正面注視達也。

「司波達也，成為我們的同伴吧！」

司一的雙眼釋放詭異的光芒。

達也臉上原本就所剩無幾的表情完全消失，握著CAD的右手也像是脫力般垂下。

「哈哈哈哈哈，你已經是我們的同伴了！」

司一不再隱藏胸中狂人氣息的模樣，雖然不會引發他人的敬畏或尊敬之意，但確實具備著某種領袖風範。

「那麼，首先就讓你親手解決陪你一路走來的妹妹吧！能夠死在最心愛的哥哥手中，妹妹應該也是如願以償吧！」

並非臨陣磨槍，而是慣於下令的語氣。

至今的他確實有很多人追隨吧。

他露出扭曲的笑容，表情對於自己的權威深信不疑。

「……耍猴戲也適可而止吧，看的人都不好意思了。」

然而達也嘲諷的辱罵，使他的表情瞬間凍結。

「意識干涉型系統外魔法——邪眼。

表面上是這樣歸類，真相則是把具有催眠效果的光訊號，以超過人類知覺速度極限的頻率閃爍，設定方向投射到對方視網膜，是光波振動系魔法。

只是從洗腦技術衍生而成，影像機器也能重現的普通催眠術。

由於不需要大規模的機械儀器，所以具備了能夠出其不意的優點，但終究僅止於此。

記得這是新蘇維埃聯邦成立之前，白俄羅斯熱中開發的技術。」

達也不是以魔法，而是以話語凍結敵人。

「壬生學姊的記憶，也是用這個伎倆篡改的？」

「哥哥，也就是說……？」

深雪將大大的雙眼睜得更大如此詢問，達也則是面無表情點了點頭。

「壬生學姊的記憶，與實際狀況相差到不自然的程度。

她當時聽錯之後，情緒立刻受到打擊，代表她確實曾受制於那種極端的念頭。

然而一般來說，應該會隨著時間而冷靜下來。」

「……你這個卑鄙小人。」

深雪端正的嘴唇迸發出怒氣。

或許是這股熱氣讓對方解凍了。

「……你這小子，為什麼……」

司一宛如呼吸困難發出呻吟，臉上已經沒有那種瘋狂的微笑了。瘋狂氣息散去之後，只剩下

，只習慣命令他人，文弱智慧型領導者的樣貌。

「無趣的傢伙。」

達也已經不想隱瞞侮蔑之意了。

「以拿下眼鏡的右手引人目光，不去注意操作ＣＡＤ的左手。這種小伎倆對我無用。只要看到啟動式，我就知道你想發動什麼魔法，也有能力應付。你這種陽春魔法，刪除部分啟動式就綽綽有餘。只要缺乏最重要的催眠模組記述，邪眼只不過是普通的光訊號。」

達也對於手法被破解的魔術師不感興趣。

「怎麼可能……居然做得到這種事……你這小子到底是……」

「話說回來，你怎麼改用『你這小子』稱呼我？自命不凡的態度露出馬腳囉。」

司一至此總算察覺了。

這名少年剛才表情消失並且放鬆力氣，是因為成功確認並破解了對手使用的魔法，確實埋葬對手的方程式已經成立。

司一面前的這名少年，從一開始就沒有把他當人看。

這名少年沒有把這群人當人看。這群人的長相、名字、個性與意念，對於這名少年來說毫無意義。司一基於直覺理解到這一點。

對於這名少年來說，他們只是「敵方」，就只是「障礙物」。

而且在確立清除方法的現在，甚至連障礙物都不如。

「開…開槍！快開槍！」

已經沒有餘力重拾威嚴了。

也沒有餘力察覺同志們……不對，是部屬們投過來的疑惑視線。

司一在生物的原始恐懼驅使之下，命令他們射殺對方。

然而——

「這…這……」

「這是怎樣？

發生了什麼事？」

——他們沒能射出任何一顆子彈。

恐慌的氣氛充斥整個樓層。

零碎分解的手槍、衝鋒槍與突擊步槍，散落在地面。

他們正要扣下扳機的瞬間，手上的武器恢復為零組件了。

在恐慌的氣氛之中——

司一沒有安撫的意思——

而是逃之夭夭。

完全不顧自己身後的同伴們。

「哥哥，請您去追吧。

這裡由我來。」

「明白了。」

達也朝著深處的通道踏出腳步。

人牆自然分成兩邊。

他什麼都沒做，就抵達司一用來逃走的通道。

如果就這樣讓達也離去，留下來的Blanche成員們，應該就只是會被繩之以法。

然而有一名成員，持小刀從達也的身後襲擊。

應該說，原本想要襲擊。

「愚蠢的東西。」

平常總是令人著迷的甜美聲音，如今帶來絕望的審判。

「點到為止就好。

這些傢伙不值得讓妳弄髒雙手。」

「是，哥哥。」

兄妹如此交談時，一具全身覆蓋冰霜的雕像，在他們之間緩緩傾斜倒下。

◇◇◇

剛才企圖加害她哥哥的人，只有一人。

這名愚昧之徒已經凍結。

然而對她而言，光是這樣已經足夠，但也還不足夠。

足夠的理由。

不足的結果。

面前只有一名纖瘦的少女，十幾名男性卻連一步都動不了。

凍結的雙腳無法向前踏，也無法向後退。

心靈已經凍結——肉體也已經凍結。

放眼望去，地面覆蓋著雪白冰霜。

只有少女周圍一小圈的區域，與戶外處於相同的季節。

雪白的霧捲起氣旋。

霧來自寒氣。

少女舉起右手。

現在的她，宛如審判死者的冰雪女王降臨世間。

「你們運氣不好。」

語氣與平常不同。

然而伴隨著命令、制裁、權威的這種口吻，絲毫沒有突兀的感覺。

「你們要是沒有向哥哥出手，只會受到一點小小的教訓。」

寒氣緩緩爬升。

侵蝕滲入身體的最深處。

男性們的臉上滿是恐慌與絕望的神色。

「我不像哥哥那麼仁慈。」

雪白的冰霧上升到脖子的高度了。

「祈禱吧。祈禱自己至少還能撿回一條命。」

高達男性頭頂的寒氣猛然增強。

振動減速系廣域魔法——「冰霧神域」。

霧裡充斥著無聲的臨死慘叫。

◇　◇　◇

沒有伏兵。

看來對方至少懂得集中戰力——達也如此心想。

達也能夠感應周遭的狀況，埋伏對他毫無意義。

躲藏也毫無意義。

下一個房間裡，有十一個恐怖分子的餘黨嚴陣以待。

有十把衝鋒槍。

達也隔著牆壁按下ＣＡＤ的扳機。

物理的屏障不會成為魔法的阻礙。

達也能夠自由使用的魔法就只有兩種，這兩種魔法其中之一的「分解」，改寫了衝鋒槍的個別情報體。

再度響起狼狽的聲音。

達也之所以能夠感應周遭狀況，能夠分析魔法式甚至是啟動式，是基於這項魔法與另一項魔法的副產物。

認知結構、分解結構。

如果是物體，就改寫物體的結構情報，分解為尚未組合的元件。

如果是情報體，就直接分解情報體本身的結構。

直接干涉結構情報——這是列入最高難度的一種魔法。

達也天生擁有這樣的能力，所以無法正常使用其他魔法。

只能以模擬或虛構的方式使用。

因為他的魔法演算領域，被兩項最高難度的魔法占據。

然而如今，他不需要各式各樣的魔法。

絕對的唯一，這正是必勝的武器。

敵方手上已經沒有槍了。

達也踏入最深處的房間時，迎接他的不是子彈，而是空虛的笑聲與無聲的噪音。

「怎麼樣，魔法師？真正的『演算干擾』滋味如何？」

宛如失控的笑聲，已經沒有那種吞噬意識的瘋狂黑暗氣息了。

司一的狂笑，只是虛張聲勢的產物。

陷入絕境的司一能夠繼續虛張聲勢，靠的是他右手腕散發黃銅光輝的晶陽石手鐲。

另外十名男性的手指，也戴著相同色澤的戒指。

晶陽石是產地極為有限的軍事物資。

古代阿茲特克帝國的部分區域、古代馬雅諸國的部分區域、西藏中央區域、蘇格蘭高地的部分區域，以及伊朗高原的部分區域等地。

只有高海拔古代文明的繁榮地區，才會出產晶陽石。

簡直像是只能在高地精製而成的人造物質。

看到對方準備大量晶陽石，達也逕自細語。

「雇主是推動烏克蘭、白俄羅斯再次分離獨立的派系，背後金主是大東亞聯邦嗎？」

感受得到對方的動搖。

達也打從心底覺得無趣。

他們即使三流也該有個限度。

老實說，達也不想繼續周旋下去了。

「上！

不能使用魔法的魔法師，只是普通的小鬼！」

達也連揮拳應付都嫌麻煩，只是舉起右手按下CAD的扳機。

CAD不是槍，不會射出子彈或是類似的東西，也沒有射出雷射或帶電粒子。現今的物理技術還無法將雷射砲與荷電粒子砲改良到這麼小的體積。

即使如此，位於射線上的男性，卻從大腿噴血而倒地。

大腿的噴血點，前後各一。

細小宛如針刺的洞，貫穿大腿重創神經節。

達也接連按下扳機。

對方接連從肩膀或腿部噴血倒地。

達也使用的魔法式，會將射線上構成肉體的皮膚、肌肉、神經、體液、骨骼等任何細胞物質，分解成為分子等級貫穿組織。

只修改物體或情報體的一小部分。

這也是在現代魔法列為高難度的技術，然而達也以能力極端受限為代價得到的魔法演算力，要進行這項技術易如反掌。

「為什麼？」

這個人到底講這句話幾次了？

只要回溯記憶就能得到答案，但是刻意去數也很無聊。

「為什麼你受到『演算干擾』還能使用魔法？」

「演算干擾」是製造想子雜訊阻礙他人發動魔法的無系統魔法。經由晶陽石產生的雜訊，會妨礙魔法式的作用。

達也分解雜訊的結構，將雜訊化為想子的漣漪。

「演算干擾」是擋在他人魔法式通道的障礙物，達也的魔法能夠分解障礙物本身。

只不過是如此而已。

這個人會使用邪眼，所以應該也是魔法師，卻連這種事都不曉得。

如今達也甚至懶得收拾他了，不想把力氣花在這種人身上。

就在這個時候──

司一身後的牆壁被切開了。

微微閃耀的銀光，來自鋼鐵高速振動造成的光線漫射。

是振動魔法──高頻刃的劍身。

「咿──！」

司一跳離牆邊，動作難看得像是軟腳了。

來到他剛才所站的位置的人，是桐原武明。

看來似乎是反向從後門進入之後，正如字面所述，直線開路來到了這裡。

「喲，是你解決這些傢伙的嗎？」

不可能有其他的答案。

達也還沒表達肯定之意，桐原就反覆點了點頭。

「司波兄，你真有一套。

「所以，這傢伙是？」

桐原以鄙視的眼神，看向緊貼在牆邊畏懼的男性。

「『那個』就是Blanche的領導人司一。」

「就是這傢伙……？」

變化只在一瞬間。

桐原全身釋放出連達也都動搖的怒氣。

「欺騙壬生的！

就是這個傢伙嗎！」

「咿——！」

憤怒逼近的桐原，在靠近司一前，先受到了強大數倍的想子雜訊襲擊。司一大概是用盡狗急跳牆的力量了。

照理來說，桐原的高頻刃肯定會失效。

正在發動的「演算干擾」就是如此強大。

然而……

「壬生她——都是你害的！」

「呀啊啊啊啊啊！」

桐原沒開鋒的劍，將司一戴著黃銅色手鐲的右手，從手肘的位置砍斷。

克人從桐原開出的洞口現身。

他蹙眉片刻之後，操作左手的ＣＡＤ。

與深雪一樣，行動終端裝置造型的泛用型ＣＡＤ。

發動魔法的延遲時間，短到無法以感官察覺。

隨著血肉燒焦的味道，出血停止了，慘叫聲也停止了。

司一口吐白沫，失禁暈厥。

事件的善後工作，由克人一手包辦。

達也他們的行徑，講好聽是過度防衛，講難聽是傷害、殺人未遂加上無照使用魔法，但是審判官與檢察官並沒有找上他們。

十師族的權勢凌駕於司法機構。

既然證實現代魔法的才華取決於先天資質，理所當然會試著以血統強化天分。

世界上的任何國家，只要國力足以進行系統化的魔法研究，都是從現代魔法與超能力尚未分家的時代，就試著以血統培育天分。

這個國家當然也不例外。

這麼做的結果，誕生了一個稱霸日本魔法界的新集團。

也就是「十師族」。

十師族的歷史未滿一世紀，排名依然隨時會變動。

然而這是十師族各家系間的事，十師族與其他人之間，已經築起難以跨越的高牆。

與十師族一樣不斷強化自族血統，受到眾人公認僅次於十師族的「百家」，也不得不承認彼此級數的差距。

十師族絕對不會出現在檯面上的政治舞台。

不會成為檯面上的掌權者。

反而是以軍人、警官、政務官的身分，在最前線發揮魔法力量鞏固這個國家。

相對的——他們放棄檯面上的權力，在政治的另一面取得不可侵犯的權勢。

這就是這個國家的現代魔法使用者選擇的路。

現在，十師族最有力的家系，是四葉與七草兩家。

緊跟在後的第三強，就是十文字家。

與十文字家繼承人相關的事件，普通警察當然不可能介入。

事件結束之後，遙被設定為正在長期出差。

之所以這麼「設定」，是為了給她一個名目與事件切割。

雷歐當時的那個問題，至今還無法從當事人口中得到答案。

既然沒有其他的輔導老師接任，代表她將來應該會回到學校。

說到善後，達也運用「分解」所切斷的圖書館特別閱覽室門板，就被當成是Blanche的成員所破壞的。

因為這麼一來，校方也不會被追究鑰匙疏於管理的責任——不過達也並沒有自首是他切斷複合裝甲門，所以校方大致上真的相信是敵方組織幹的好事。

對校方採取這些措施，是要隱蔽學生偷鑰匙的事實。

到頭來，連竊取機密的犯罪現場有第一高中學生在場的事實，都被湮滅了。

紗耶香臥底未遂的罪名，也基於各種隱情當成沒有發生過。

紗耶香後來暫時住院。

右手臂的龜裂骨折，並沒有嚴重到需要住院，但後來確認Blanche的領導者會使用光波振動系魔法「邪眼」，所以才會短期住院，確認是否有精神操控的後遺症。

紗耶香住院期間，達也只去有探望過她一次，不過艾莉卡經常去探望，因此她們兩人的交情變得非常好。

劍道社男子組主將司甲也沒有被問罪，因為他也受到強大的精神操控。

他不是以退學形式，而是以休學形式接受長時間的治療，不過到最後，他應該會主動向第一高中辦理退學手續。

他原本就不是以魔法師為志向，靈子放射光過敏症也沒有嚴重到影響日常生活。

後來也查出司一是看上他的魔法知覺能力，希望他學習一些對組織有用的魔法，才讓他就讀魔法科高中。精神操控解除，他應該會做他真正想做的事情，也就是踏上劍道之路。

達也特殊的魔法才能，除了當時一同前往廢棄工廠的戰友，依然無人知曉。

沒有告訴真由美與摩利。

朋友美月、穗香與雫也不知情。

正確來說，即使是雷歐與艾莉卡，也不知道最關鍵的部分。

雖然不知道克人是基於什麼心態要桐原保密，但是達也很感謝他這麼做。

因為他的那個魔法，現在還不能公諸於世。

不過真由美與摩利，似乎有隱約察覺到某些線索。

後來深雪消沉了一星期左右。

表面上依然是完美無瑕的美少女，但偶爾會看到她以雙手掩面。

——不過只限定在家裡。

似乎是覺得使用「冰霧神域」終究太過火了。

幸好Blanche的成員們好巧不巧成為冬眠狀態（依照魔法的性質，物體是內外同時在瞬間凍結，所以不會破壞細胞膜），所以似乎沒有人受創到永久殘廢的狀態。

在這種時候，達也會讓深雪盡情撒嬌，反而令她更晚脫離消沉模式，造成了笑不出來卻也只能一笑置之的狀況。

達也在學校一如往常，依然因為風紀委員會與學生會的雜事忙得團團轉，但他終於漸漸得到入學時在心中描繪的平穩求學環境了。

◇◇◇

然後，時期進入五月。

今天是紗耶香出院的日子。

達也也和深雪一起前往醫院慶祝（上午直接蹺課了。沒有教師在場的線上教學，最大優勢就是上課時間的彈性）。

他們看到的光景是……

「那位是不是桐原學長？」

達也不用深雪提醒也發現了。

紗耶香已經從住院服換成便服，在大廳被家人與護士圍在中間。

在這樣的人群之中，桐原在紗耶香身旁一起談笑，表情看起來有些靦腆又開心。

「他們似乎挺親密的？」

這一連串騷動的開端——「劍術社鬧場事件」的來龍去脈，深雪當然知道。

身為風波當事人的紗耶香與桐原走得這麼近，確實是令人略感訝異的光景。

「聽說桐原學長每天都有來。」

「是喔，這也奇了。」

達也被這個毫無徵兆傳來的聲音引得轉身一看，艾莉卡露出無趣的表情站在那裡。

「嘖，果然沒辦法嚇到你嗎～」

「不，我很驚訝。」

沒想到桐原學長的個性這麼正經。

「我不是講這個啦！」

達也會轉移話題當然是明知故犯，所以看到艾莉卡鼓起臉頰，也只是露出敷衍笑容。

「哼，你就是因為老是像這樣壞心眼，才會被香香甩掉。」

達也不太在乎這種甩掉不甩掉的問題。

雖然不是自豪，但他受到女性青睞的經驗是零。

不提這個——

「艾莉卡……妳剛才說的『香香』，難道是壬生學姊？」

深雪早一步如此詢問。

「嗯？是啊。」

「……妳們交情變得真好啊。」

「交給我吧。」

「交給妳什麼？」這句話差點脫口而出，但是說出來似乎會讓話題更加混沌，所以達也決定吞回去當作沒這句話。

不提這個，今天是來探視出院的紗耶香。

「壬生學姊。」

達也帶著深雪與艾莉卡——雖然有點擔心艾莉卡是否會乖乖跟過來，不過再怎麼樣都是杞人憂天——走進人群如此搭話。

「司波學弟！你來了？」

紗耶香稍微嚇了一跳，以表情表示自己感到頗為意外，再將這份驚訝融入喜悅，以滿臉的笑容迎接達也。

——她身旁的桐原瞬間露出不悅的表情，這肯定也是討喜的小插曲，是用來襯托和平日常生活的調味料。

「恭喜學姊出院。」

深雪將雙手所捧的花束遞給紗耶香。

本來達也想要依照現代的風俗習慣請花店送來，不過深雪說：「這種東西就是要親自送才有意義！」難得堅決反對，使得達也懾於這樣的氣勢改為直接送花。

抱著花束的樣子太適合深雪，反而讓她與都市的日常光景格格不入。不過看到紗耶香開心收下花束的笑容，達也就覺得幸好有聽妹妹的話。

「你就是司波啊。」

在女高中生交談時，達也退居後方擔任應和的角色，此時一名壯年男性前來搭話。

即使對方只以姓氏稱呼，看他的視線就沒有誤解的餘地。

結實的身體與端正的姿勢，應該是拜武道之賜。

他的長相也令人感受到他與紗耶香的血緣關係。

「我是壬生勇三，紗耶香的父親。」

「初次見面，我是司波達也。」

「我是妹妹司波深雪，初次見面。」

眼尖察覺達也正在問好的深雪，在達也身後恭敬行禮致意。

深雪優雅的動作令對方略顯畏縮，但還是立刻恢復為原本的表情，不愧是武道家。

紗耶香的劍肯定繼承自這位父親。

「深雪，可以去看看艾莉卡嗎？」

深雪聽到達也這番話轉身一看，桐原被艾莉卡逼問得快要招架不住了。

「好的。伯父大人，請容我先行告退。」

對於深雪「伯父大人」這樣的稱呼，紗耶香的父親難以掩飾內心情緒的動搖，但還是平靜給了個中規中矩的回應。

達也與深雪當然都假裝沒察覺這份動搖。

達也重新與紗耶香的父親正面相對。

紗耶香的父親也很清楚，達也是貼心要求深雪暫時離開，所以並沒有講多餘的開場白浪費雙方的時間。

「司波，我很感謝你。多虧有你，小女才能夠重新振作。」

「在下什麼都沒做。

說服壬生學姊的是舍妹與千葉。

在下只有冷漠訓斥學姊，真要說的話應該受到憎恨，不值得受到感謝。」

「如果真要這麼說，我甚至沒能訓斥過她。

我知道小女因為魔法遲遲沒有進步而傷神，卻未視為很重要的問題。我以過來人的經驗，認為魔法技能評價與實戰實力是兩回事，這種觀念束縛著我，害我不知道她究竟多麼煩惱。

不只如此，我還以忙碌為藉口，沒有在她開始與可疑人物來往時找她談談。我真是個不稱職的父親。

這次的事件，她已經詳細告訴我了。

小女說，聽過你一席話，令她久違回想起內心的迷惘。

這成為她從惡夢清醒的契機。

而且小女很感謝你。

你所說『沒有白費』的那番話拯救了她。

雖然我不知道『沒有白費』的意思，但我只知道她的感謝發自真心。

所以，希望你讓我道謝。

謝謝你。」

「……在下真的沒有做什麼值得道謝的事情。」

達也有些困惑地微微搖頭，紗耶香的父親則是輕聲一笑。

「……你果然和風間形容的一樣。」

這句話足以奪走達也的冷靜情緒。

「……您認識風間少校？」

「我現在已經退役，不過他曾經是和我共同作息的同袍。而且我們同年，至今依然有著不錯的交情。」

從剛才那句話就可以知道，兩人的交情不只是「不錯」。

達也已經知道了。

因為如果只是普通朋友——即使是好友——風間也絕對不會提到達也的事情。

「紗耶香能夠認識你，我認為是上天的安排，而且我認為再怎麼感謝也不夠。可以的話，我很希望今後也能出你這樣的男人成為紗耶香的支柱，不過……」

「……在下不足以成為他人的支柱。」

「……我就當成是這麼一回事吧。

剛才那是溺愛女兒的父親不值一提的願望，你就忘記吧。

此外，風間告訴我的事情，包括女兒在內，我不會讓任何人知道，請放心。

我只是想告訴你，我知道你是有能力拯救小女的人，也是實際上拯救了她的人。

真的很謝謝你。」

紗耶香的父親說到這裡不等回應——不讓達也繼續自貶——回到妻子的身旁。

達也微微搖頭，將頗為動搖的意識趕出腦海，回到妹妹他們所在的地方。

「啊，司波學弟，家父對你說了什麼？」

紗耶香立刻前來搭話，感覺像是把達也當成及時雨或是救命稻草。

看來深雪無法獨力擋住艾莉卡。

「一位曾經很照顧我的人是令尊的好友，我們在聊這件事。」

「是喔，原來是這樣啊……」

「嗯，世界真小。」

「達也同學和香香果然緣分匪淺耶。」

艾莉卡立刻抓準這一點進攻。

看來今天的她狀況超好。

「嗳，香香，為什麼妳會從達也同學換成桐原學長？妳之前喜歡達也同學吧？」

「等…等一下，小莉？」

達也看著慌張失措的紗耶香，心裡卻是想著不太相干的事情。

（小莉是吧……）

看來這兩人相當合得來，達也如此心想——一副置身事外的態度。

「艾莉卡，妳今天稍微胡鬧過頭了。」

即使深雪出言規勸，艾莉卡也毫不在意當成耳邊風。

她今天的狀況，已經好到不能以「超好」來形容了。

「但我覺得如果只比長相，達也同學應該占上風吧？」

「……妳這個女人真是沒禮貌。」

「桐原學長，別在意，男人不是靠長相。」

「……要我真的把妳修理到哭嗎？」

「別氣別氣。

所以香香，決定的關鍵果然在於誠懇的個性？

笨拙男生的溫柔打動了妳的心？」

紗耶香的臉蛋，已經連耳根都紅通通了。

她努力想移開目光，但艾莉卡每次都迅速繞到她面前——大概連魔法都用上了——使得她最後終於像是快哭出來一樣低下頭。

「艾莉卡，差不多——」

應該是時候了。

就在達也如此心想，正要出面強行阻止的時候……

「嗯……我想，小莉說得沒錯。」

紗耶香開始以微弱的聲音告白。

她的情緒動搖到極限，心靈堡壘似乎瓦解了。

「我想，我確實曾經愛上司波學弟……」

「喔喔？」

對於紗耶香的告白最感驚訝的人，不知為何居然是艾莉卡。

「因為他擁有我所嚮往，屹立不搖的強悍。

但我覺得我不只嚮往，也同時感到恐懼。」

深雪朝達也投以關懷的眼神，達也微微露出苦笑回應。

這個妹妹似乎把哥哥當成個性細膩容易受傷的人了。

「我再怎麼拚命跑，也肯定追不上司波學弟。

如果想成為司波學弟這樣，我就非得要一直跑下去。而且再怎麼跑，應該也無法變得像他一樣那麼強……

司波學弟幫了我這麼多，我覺得我說這種話很失禮，但我確實是這麼想的。」

「……我好像懂。達也同學某方面確實會令人這麼認為。」

「至於桐原同學……我是在他來探望的時候，才第一次和他好好交談，但我覺得如果是這個人，即使偶有摩擦，依然會願意和我並肩同行。

或許是因為這樣吧……」

「……感謝您的分享。」

達也對於艾莉卡這種消遣的回應不予贊同，但以心情來說與她同感。

這時的紗耶香，不是在達也面前裝出來的「可愛女孩」，而是真正的「可愛女孩」。

「嗳，桐原學長，你呢？

你是從什麼時候開始喜歡香香的？」

「……這個女人真煩，這種事不重要吧？

與妳無關。」

「沒錯，艾莉卡。從什麼時候開始都無所謂。」

至今絲毫不打算插嘴的達也，忽然用這種壞心眼的語氣講得像在訓話，令艾莉卡頭上冒出問號轉過身來。

「最重要的是，桐原學長真心喜歡上壬生學姊了。」

「啥！你……？」

「這樣啊……」

「基於個人隱私，我不方便說出詳情……

不過桐原學長對付Blanche領導者展現的英姿，我自嘆不如。」

「這樣啊……」

啊，達也同學。」

「什麼事？」

「晚點再偷偷告訴我。」

「千葉，妳這傢伙！

司波，要是你敢說，我就不會放過你！」

「我不會說啦。」

「咦~有什麼關係？」

「可惡的女人！」

桐原火冒三丈，艾莉卡哇哇大叫作勢竄逃。包括紗耶香的父母、護士，甚至是紗耶香自己，都面帶笑容以溫柔的眼神看著這幅光景。

兩人不久之後真的追打起來了。達也以溫暖——應該說無奈的眼神看著這幅光景，此時深雪靜靜來到身旁。

「哥哥。」

「嗯？」

達也簡短回應，視線依然落在艾莉卡他們身上。

「即使哥哥以音速飛馳而去，

即使哥哥穿越天空飛翔到與繁星爭高，

深雪也會永遠緊跟在哥哥的身旁。」

「……但我覺得真要說的話，會被拋下來的應該是我。」

達也在此時露出稍微難為情的笑容。

「不過，在把天空當成目標之前，現在還是先踩穩雙腳吧。」

深雪也回以一個俏皮的笑容。

「要回學校嗎？」

「嗯。如果沒參加下午的實習課，週末就要去學校補課了。」

深雪也明白哥哥是在開玩笑，所以她依然能維持笑容。

即使如此，這個時候的深雪，還是忍不住如此詢問——如此確認。

「哥哥……上學會害您難受嗎？原本以哥哥的實力，明明用不著唸高中……

還是說，您不惜遭受鄙視也要上學，是為了我而勉強自己……」

「深雪。」

她的詢問被達也的話語打斷。

「我並非心不甘情不願就讀高中，因為我知道，這樣的日常生活只有現在能夠體驗。我很高興能夠和妳以普通學生的身分生活。」

「哥哥……」

「所以，現在就回到我們的『日常生活』吧。」

達也靦腆朝著深雪伸出手。

深雪開心牽起達也的手。

——不過到最後，在趕不及下午實習課的艾莉卡哭著哀求之下，達也這個週末還是到學校陪她補課了。

第一話　完

後記

各位會看到這則後記，就代表本書順利問世了。對於自己撰寫的小說成為實體書，我依然無法抱持徹底的真實感。

之所以會這麼說，是因為這部小說明明是出道作品，卻以非常大膽的方式作為開端，劈頭就把第一話分成上下集，而且是連續兩個月出版，我撰寫這則後記的時候，還沒看到實體書完成的樣子。我提出「要不要同時發行上下集呢」這個要求時就知道是強人所難，所以緊湊的進度表壓得我叫苦連天也是自作自受。不過以石田大人為首的相關人員都因而受到波及（？），我對於自己的任性要求感到非常抱歉。

老實說，毫無實績初出茅廬的新人，忽然做出「下集待續」這種離譜行徑真的不要緊嗎？我對此甚感恐懼。這部作品原本是發表於不用在意頁數的網路平台，我知道在改成實體書的時候肯定得分冊或刪減內容，能夠得到編輯大人「不用刪減」的指示，身為作者的我非常感恩，但還是有所擔憂。

既然是反常作品，就會存在著許多引發不安的要素，我重新體認到這一點。不過正因有這樣的不安要素，所以編輯大人提出上下集連月出版的方針時，我也是二話不說點頭答應……

說到反常，這部小說《魔法科高中的劣等生》的主要角色，雖然在程度上有所不同，不過是一群反常的少年少女。說起來，主角達也的設定主旨就是「無法以既定的框架來評價，因而被烙印劣等生標籤的少年」，他身邊的角色群也有著反常的部分。堪稱另一名主角的妹妹深雪也一樣，雖然是優等生卻絕對不平凡……但如果各位讀者已經閱讀過本書內容，其實我也不用在這裡再三強調就是了。

不過這樣的他們與她們，對於自己屬於反常的一方，並未感到不安或煩惱。主角以及其他的主要角色，都已經以「這又如何？」的態度看開了。不，或許他們甚至缺乏看開的念頭。

異端分子們使用強硬手段，讓身為異端的自己勇往直前……其中大概蘊含了我個人的憧憬。異端分子不對正統體制低頭，努力奮戰直到筋疲力盡敗北凋零的毀滅美學也很有魅力，然而異端分子高呼「這又如何？」從容突破名為正統之高牆持續前進的題材，我認為也難以割捨。

達也與深雪、雷歐與艾莉卡、真由美與摩利，還有其他許許多多的優等生與劣等生，以這些反常的角色群，上演一齣這樣的精彩好戲……

我希望自己能寫出這樣的作品。

那麼，夢想就說到這裡為止。

本次也為拙作繪製精美插圖的石田大人，耐心應付我任性要求的ストーン大人，以及其他參與本書製作的所有相關人員，真的非常感謝各位。尤其是M木大人，我在各方面總是有所不周，請容我由衷向您致歉。

而且最重要的，就是要向拿起本書的各位讀者致上最高的謝意。

希望有幸能在下一集《魔法科高中的劣等生3　九校戰篇〈上〉》再度見到各位。

Kadokawa Light Novels

虛空之盒與零之麻理亞 1~4 待續

Kadokawa Fantastic Novels

作者：御影瑛路　插畫：鉄雄

就由我……來當國王吧——
「罷免國王的國家」完結篇登場！

星野一輝至今仍然無法從「互相欺騙、互相殘殺」的密室遊戲——「罷免國王的國家」中掙脫，為了讓情況有所突破，他終於展開了成為「國王」的行動。關鍵是詐欺師大嶺醍哉。創造出這個空間的「擁有者」到底是誰？一輝終於即將揭曉真相，但……

各 **NT$200/HK$55**

台湾角川

Kadokawa Light Novels

這樣算是殭屍嗎？ 1~8 待續

Kadokawa Fantastic Novels

作者：木村心一　插畫：こぶいち むりりん

錯綜複雜的誤會？
出乎意料之外的人物登場！

為了買妮妮小姐出的同人誌，曾參與製作的步與友紀來到COMIKE會場。但在這裡，步卻遇見了一名動不動就道歉的奇怪少女。這個名叫莉莉亞・莉莉絲的少女，將會讓種種不同的「愛」出現變化，而她的真正身分是──

台湾角川

各 **NT$180/HK$50**

Kadokawa Light Novels

哈囉，天才少女 1~2 待續

Kadokawa Fantastic Novels

作者：優木カズヒロ　插畫：ナイロン

第二科學社，忽然面臨解散危機？
加速的青春劇，眾所期待的第二彈！

與學園都市營運機構掛鉤的「統括委員會」，出現在第二科學社所在的「社辦雜院」，單方面宣告即將拆除雜院並驅離社團。高行他們三人與個性多采多姿的雜院居民，同心協力進行抗爭行動，但委員會卻陰謀不軌……？

台湾角川

各 NT$180/HK$50

國家圖書館出版品預行編目資料

魔法科高中的劣等生. 1-2, 入學篇 /
佐島勤作 ; 哈泥蛙譯. —— 初版. —— 臺北市：
臺灣國際角川, 2012.03-2012.06— 冊； 公分
——(Kadokawa fantastic novels) ——

譯自：魔法科高校の劣等生. 1-2 ,入学編
ISBN 978-986-287-608-4(上冊：平裝). --
ISBN 978-986-287-715-9(下冊：平裝)

861.57 101002245

Kadokawa
Fantastic
Novels

魔法科高中的劣等生 2
入學篇<下>

（原著名：魔法科高校の劣等生2 入学編<下>）

2012年6月1日 初版第1刷發行
2022年3月15日 初版第11刷發行

作者：佐島勤
插畫：石田可奈
日版設計：BEE-PEE
譯者：哈泥蛙

發行人：岩崎剛人
總編輯：蔡佩芬
編輯：黎夢萍
美術設計：黃永漢
印務：李明修（主任）、張加恩（主任）、張凱棋

發行所：台灣角川股份有限公司
地址：104台北市中山區松江路223號3樓
電話：（02）2515-3000
傳真：（02）2515-0033
網址：www.kadokawa.com.tw
劃撥帳戶：台灣角川股份有限公司
劃撥帳號：19487412
法律顧問：有澤法律事務所
製版：巨茂科技印刷有限公司
ISBN：978-986-287-715-9
